種まく人

Eisuke Wakamatsu

若松英輔

亜紀書房

種まく人

種まく人——もくじ

すごい人

この世で
すごい人にならなくてもいい
あちらの世で
愛される人になりなさい

そう　あのひとは言った

数で

量れるものではなく
量り得ないものを
探しなさい

語ることよりも
だまって行うことで
自分を表現できるように
なりなさい

とも　あのひとは言った

わたしのこころに
刻まれた

消えることのない
人生の戒律

言葉の燈火

中学生までは、神父になりたいと願っていた。しかしその道は開かれず、次第に神父のように生きることが、人生の目標になっていった。

だが、「何かのように」生きたいと思う者は、その何かの真の姿を知らない。ここには憧憬《しょうけい》の罠と呼ぶべき落とし穴がある。いたずらな願望と現実のはざまで、自己を見失うようになるのである。

そんなとき、私の前に現れた師は、生ける偶像だった。この人物は、井上洋治（一九二七〜二〇一四）という。カトリックの司祭で著述家としても知られ、遠藤周作の親友であり、安岡章太郎、河上徹太郎をはじめ、同時代の文学者にも大きな影響を与えた。五十九歳から、カトリック司祭でありながら自宅を開放し、そこを「教会」とするという内村鑑三の無教会運動を思わせる活動を始めた。

蛇足かもしれないが、神父と司祭の違いは前者が職業の名で、後者は宗教的儀式における役割を指す。しかし、司祭をつとめられるのは神父だけだから、ほぼ同義だと考えてよい。ただ、牧師がキリスト教のプロテスタントにおける聖職であるのに対し、神父あるいは司祭は、カトリックであることを示している。

神父は、二〇一四年に八十六歳で亡くなった。この人物は私にとって、信仰上の導師だっただけでなく、文学や哲学とは何かも、さらには書くことも彼から学んだ。

神父は自宅兼教会を「風の家」と呼んだ。一九八八年の春、十九歳から私は、この場所に通うようになる。「風の家」という名称からも分かるように師は、「風」の一語を愛し、「風」の世界を生きようとした。ギリシア語で「風」を示すプネウマという語《ことば》は、同時に聖霊を意味する。万物は、「風」のような何ものかによって生かされている。いかに生きるかではなく、いかに生かされているのかを感じなくてはならない。師は、つねづねそう語っていた。

だが私は、彼を敬愛するあまり、「風」のはたらきではなく、彼の姿ばかりを見ていた。彼が書く言葉、彼が語る言葉、彼の行為を注意深く見ていたが、彼を生かしているはたらきが何であるかを考えてみることは、ほとんどなかった。彼が導こうとする場所を考えるのではなく、彼がどんな人間であるかばかりに注目していた。

当然ながら人格を受け継ぐことなど簡単にはできない。せめて動作を真似ることで少しでもその世界に近づきたいと願ったのかもしれない。言説が似てくるなどの現象だけでは済まなかった。ある日、無意識のうちに師が眼鏡を上げ下げする動作を真似していることに気が付いたときは、自分でも驚いた、というよりも呆れた。

影響を受けるには長い時間をかけた真摯《しんし》な交流がなくてはならない。しかし、当時の私は、そのことが分からなかった。意識しないまま模倣の道に迷い込んでいた。こうなってくると、己れを見失う赤信号が灯っているのだが、愚者は、なかなか進路を改めない。ほどなくして私は、神経症を患うようになった。

心理療法の歴史を記した大著『無意識の発見』を書いたアンリ・エランベルジュ（一九〇五〜一九九三）――「エレンベルガー」という英語読みの方が知られているが、著者はフランス人である――は、この本で「創造の病」という視座を提唱した。その人のなかで変貌と呼ぶべき出来事が起こるとき、しばしば「病」がその契機となる、というのである。

事実、この「病」から治癒していく過程で私は、「書く」という営みと決定的な関係を結ぶことになった。

言葉は、意味を表す記号であるだけでなく、ときに人の内面を照らす光になることを知った。「書く」ことは、放っておけば消え行くような心の明かりを灯しつづける、不可欠な生の営みになった。

師が亡くなり、没後一年から彼の著作選集が編まれ、解説を書くことになった。若い頃から読み続け、強く影響を受けたと信じて疑わなかった著作を読み返す。当初はそこで懐かしい言葉に出会うつもりでいたのだが、遭遇したのは、まったく異なる質の出来事だった。

眼前に現れたのは、ほとんど未知なる著作だったといってよい。題名は知っているがこれまで読まずにいたような、「新しい本」だった。

師の精神にあるものをほとんど知り得ないまま、数十年の月日を重ねてきたのかと愕然とした。だが、理由は、私の非力であるゆえ、だけではないのかもしれない。死とは、その人によって世に放たれた言葉に、新たな意味といのちを与える出来事かもしれないからだ。

師の最初の著作にして主著の一つ『日本とイエスの顔』には、ある日、神父がアパートで一人暮らす老女のもとを訪れたときに起こった、ある種の回心の記録が記されている。部屋のドアを開けるとこの女性は電灯も消した部屋でひっそりと座っていた。足や耳、目も不自由になっていき、生活がままならなくなっていく「わびしさが、その小さな部屋いっぱいに漂っていました」と神父は書いている。

息子の仕事、彼の妻との関係などをつぶやくように語る彼女の話を聞き、席を立とうとしたとき、この女性は「哀願するような目つきで」神父に向かって、こう語ったという。

私は夜中にふと目をさましたときなど、全身が凍りついてしまうような淋しさに苦しめられるんです。人生を生き抜くということはほんとうにたいへんなことなんですね。どうぞ立派なかたがただけではなく貧乏な孤独な私たちをも忘れないようにしてくださいね。

（「第六章　キリストの生命体《からだ》」『井上洋治著作選集1』）

苦しむ者は、苦しいとは言わず、悲しい者は、悲しいと声を上げない。受け取る者がいないとき人は、本当の声を発することはできない。私たちは、孤独な人のもとを訪れて、何かを語ろうとする。だが、苦しむ者が望んでいるのは、何か有益な言葉を聞くことよりも、自分のおもいを受け取ってもらうことだ。聞くことは、しばしば、語ること以上のちからを有する。

振り返って見ると、神父の生涯は、人々に、言葉といういのちの炎を届けることにあった。別な言い方をすれば、言葉という明かりを手に、未知の他者に寄り添おうとすることでもあったように思われる。彼の仕事は、語ることでもあったが、何よりも聞くことだった。

だが私は、彼の生前には、この沈黙のはたらきの意味にほとんど気がつかなかった。彼の言葉にばかり心を奪われ、彼が経験した沈黙の意味を考えてみることがなかった。

言葉は、じつに不思議な経路をたどって訪れる。この老女は、自分が発した言葉が、私のような者のところにまで届くなど思いもしなかっただろう。多くの苦難と悲しみを経て語られた、この老女の告白は、私のなかで、消えることのない言葉の燈火《ともしび》になっている。

「淋しいんです、もう少しいてくれませんか、心の中でそう訴えているお婆さんのまなざしを背中に感じながら、ほんとうはもっといてあげればいいいんだと心の中では思いながら、友達と一杯やる約束を思い出して私は外にでました」、と先の一節に神父は言葉を継ぎ、人と会って、彼女の言葉を忘れようと酒杯を重ねたが、その声はいっこうに消えないばかりか、より深く沁《し》みわたるようでもあったとも書いている。世界の深みから響き渡る声は、しばしば、弱き者、虐げられている人を通じて顕《あら》われる。その無音の声を聞けと神父はいう。

人の心には、言葉を通わせることでしか埋めることのできない寂寞《せきばく》がある。「立派なかたがただけではなく貧乏な孤独な」人々に、どう言葉を届けることができるのか。今改めて、書物に刻まれた文字を通じて、弟子たるべく、彼の門をくぐりたいと強く願っている。

伴走者

愛読できる作家と出会えるのは素晴らしい人生の経験だが、その人物に似た言葉で語り、あるいは書くようになったら、少しつきあい方を変えた方がよい。気が付かないうちにその作家という特異な眼鏡を通して世界を見るようになっていて、自身の眼が、十分に働かなくなっている可能性がある。

模倣と影響が異なるのは、文字の上からも明らかだが、これを実生活で深く感じ分けるのは、言うほど簡単なことではない。ある年齢まで私は、模倣と影響の区別ができなかった。敬愛する人物の言動を、知らないうちに模倣するようになっていたのである。

模倣の危機は自己を見失うところにあるだけではない。真の問題は、当人が模倣であることを認識できない点にある。ニセモノの宝石のことをイミテーションという。だが、imitate の原意は、真似るというよりも、本当の意味で「倣《なら》う」ことだった。倣うと習うが緊密な関係にあるのはいうまでもない。むしろ、真に学ぶとは、習いつつ、倣っていくことだといってもよい。しかし、人は、いつしか時間を費やして「習う」ことの意味を見失っていった。

模倣はすぐに実行できるが、影響を受けていたことを知るのは、その人と出会ってから数十年の月日を経た後である場合も少なくない。似たような考えを述べ、ふるまうことはできたとしても、その人の本性を真似することはできない。影響を受けたいと強く願い、結果的に模倣に陥る。この悲劇を免れるためにも人は学ばねばならない。

子の曰わく、吾れ十有五にして学に志《こころざ》す。三十にして立つ。

（『論語』金谷治訳注）

ここでいう「学に志す」とは、真に「私」の道を歩き始めることにほかならない。それは模倣から脱却する時期だといってもよい。

誰かを模倣することで、世界はより広く見える心持ちがするかもしれない。だが、重要なのは、広く「見る」ことだけでなく、深く「観る」ことではないだろうか。

見ることしかできず、観ることのない世界では、友情も情愛も信頼も深まることはない。偏見という言葉があるように、「見る」ことは、しばしば大きな偏りを生む。

しかし、時間をかけて「観る」ことは、その人の人生観を養う。

現代人は、なるべく多くのものを、なるべく短い時間で見たいと願う。だが、かえってそれは「観る」ことの拒絶につながる。

かつて、十五歳は元服を迎える年齢で、それ以後は、一個の人格として遇された。模倣は、その前に終わっていなくてはならない。それでもなお、三十歳になるまで人は、有形無形の支えを得ながら生きている。しかし、それ以後は、独りで立つことを求められる。「立つ」とは、自立、あるいは独立を指す。だが、人はいったい、誰の前で独り立ったときに、「立つ」といえるのだろうか。

経済的自立は、独立の一側面だが、問題はそこに終わらない。自らの生活を自分の労働によって支えるという現象は、自立の一側面でしかないように思われる。真の意味での自立とは、支えられるだけだった者が、支える者へと変貌していくことではないだろうか。自立とは、自分自身の足で「立つ」ことだけでなく、立ち上がろうとする誰かの「伴走者」となることではないだろうか。

岩崎航《わたる》という詩人が、その兄健一が描いた画と共に世に送った『いのちの花、希望のうた』と題する画詩集がある。彼は、支え、支えられるという相互的な交わりの意味を次のような言葉で歌い上げている。

ぼく自身も

誰かの伴走者となって
はじめて
完走できると
思うのだ

この詩人は、筋ジストロフィーを背負いながら生きている。兄もまた同じ試練を背負っている。「岩崎航」という名前は、彼個人のものでありながら同時に、兄を含む、彼と同質の苦しみを生き抜こうとする者たちの、無音の声の集積への呼び名でもあるように思われる。もちろん、兄の画にも同じことがいえる。花を描こうとする彼の眼は、日常に忙殺される者が見過ごしている静謐なうごめきを精妙に捉えている。花の沈黙のコトバを画によって世に顕現させている。

彼らは、自分で寝返りを打つこともできないほどの不自由のなかで生きている。その毎日は、誰かの支えなくしてはあり得ない。彼はそのことを深く感じつつ、自分も

「誰かの伴走者」にならねばならない、という。

彼の詩は多くの人の手に渡り、さまざまなかたちで慰めや励ましを与えていて、その言葉によって誰かに伴走している、ともいえる。だが、言葉以前に、試練を背負いながら生きる姿、彼の存在そのものが、言葉を超えたコトバとなって、世にある人々の心の伴走者となっているのではないだろうか。

独語の効用

口に出して話していることの多くは、何らかの意味で、その人の心からあふれ出るものの顕《あら》われだという。

この言葉に出会ったのは二十代の半ば頃のことで、河合隼雄（一九二八〜二〇〇七）の本だったと思う。確定できないのは、探してみたが見つからないからなのだが、その一方で今日までそう信じ続けているのも事実なのである。四半世紀ほど前のことなのに、この言葉は今も、ありありと心のなかで生きている。思い込みなのかもしれないが、この言葉との出会いもあって、私のなかで河合隼雄はある種の恩人のような位置にいる。

「話す」という行為は、日ごろ感じている以上に無意識的な営みだ。人は誰も、話しながら、自分でもまったく意識しないかたちで、自らの心のありようを披瀝《ひれき》している。よいことばかりではない。「口は災いのもと」という諺《ことわざ》もある。

たしかに、かなしいこと、嘆かわしいこと、あるいはうれしいことも、私たちはそれを語ることで、心身に落ち着きを取り戻し、昇華させようとする本能がある。話すことで、あるいは、独りで言葉を発することで崩れ落ちそうなわが身を守ろうとすることさえあるだろう。

「昇華」とは、もともとは物理学の言葉で、固体が液体を経ないでそのまま気体になることを指す。それを喩えとして、心の状態に置き換えて用いるようになった。だが、比喩の生まれるところにはしばしば小さな、隠れた真実が存在する。日ごろ私たちはさほど意識しないが、言葉には、目に見える文字、耳に聞こえる声とは異なるはたらきをなすちからが潜んでいる。条件さえ整えば言葉は、水が水蒸気となって天空へと飛翔するように、コトバへと姿を変じる。

ある人が何かを言う。すると相手がそれに応じ、そこに対話が生まれる。だが、このとき何に注目しているかによって、対話の意味はまったく異なるものになってくる。語られた内容か、声の抑揚か。あるいは、その人が語らずにいることか。

語られた内容に関心を向けるとき、話がつまらなければ次第に関心は薄れていって、あの人の話はつまらない、ということになる。声に注目していると、嘘をついているときなどに、何とも言えない変化を感じるかもしれない。さらに語られていることではなく、何が語られていないのか、さらには内容を超えて、「語っている」という営為そのものに関心を寄せるとき、またまったく違ったものが見えてくるだろう。

会話では通常、他者の発言の内容に耳を傾ける。しかし親しい人、たとえば友人の場合はどうだろう。重要なのは何が語られているかではなく、今ここに、二人の人間が向き合っているという現実そのものになってくるのではあるまいか。関心は、容易に言葉にできないおもいの方に引き寄せられていくのではないだろうか。

対話は、語られた内容や事象であるだけでなく、今、ここにいるという存在の出来事を指し、語り合った内容は、さほど大きな意味を持たないことすらある。何を話したかは覚えていない。しかし、会えてうれしかったという実感が残ることも珍しくない。このことは、いわゆる他者との対話においてだけでなく、独語にも当てはまる。

> 既に空が青くそこに在り、また、そうとして知っていたならば、再びそれを自身につぶやく必要はない。それではそのつぶやきは、一体誰に向けられたものなのか。私が私につぶやくのではない。私がつぶやきによぎられるのだ。つぶやきは「絶対」の自己確認であり、無私の私がその場所となる。
>
> （池田晶子『事象そのものへ！』）

己れに語ることによってしか、認識し得ない何かがある。独語とは自分が自分に語りかけることでもあるが、むしろ人が言葉の通路になるという出来事ではないか、と池田晶子（一九六〇～二〇〇七）は考えている。何か重要なものが世に顕現するとき人は、己れという場を言葉に明け渡さねばならない場合がある、というのだろう。

独語は、親しい人との歓談のような愉悦をもたらすものでもなく、他者には聞かれたくない、という性質のものであることも少なくない。しかし、人は、人生を生き抜くために独語という回路を必要としている。あることを誰かに語らずにいることを強いられても人は、それに耐えることはできる。しかし、独語を禁じられたら、生きていくことはできない。さらにいえば、独語の場合、何を語ったかはあまり重要ではない。問題はむしろ余韻にある。

独語は、無意識から意識への呼びかけだ。独語を消滅させるとは、無意識界とのつながりを遮断することにほかならない。無意識の奥には「たましい」という名状しがたいはたらきがある、と河合隼雄はいう。

「たましいそのものをわれわれは知ることができない。たましいは何かにつけて明確に決めつけることに抵抗する」（『ファンタジーを読む』）と河合はいう。定義不可能ではあるが、従来の心理学では充分に捉え得ていない、心身を司る、あるはたらきの存在を暗示するのである。

　独語は、彼のいう「たましい」からの声であることも少なくない。このとき「たましい」は、私たちに、ほかの誰でもない、自己との対話を促しているのかもしれない。歳を取ると独語の機会が増えていく。それは、己れの心のありようを深く感じ直してみなくてはならない、他者にだけでなく何かを自分に語りかけなくてはならない、という「たましい」からの促しなのではないか。

　自己との対話は、今日、どう生きたかを反省するためだけではない。今日を生き抜いた自分に小さな声で、よくがんばったと声をかけてもよい。誰もが皆、わが身をおもうことに精一杯で、他者にねぎらいの声をかけるのが難しい時代だからこそ、私たちは、自分に小さな言葉を贈らねばならないのではないだろうか。

　独語とは、無意識から意識に届けられた、ささやかな贈り物なのかもしれないのである。

「私」への手紙

人生の困難に遭遇したとき、近くに信頼できる人間がいるなら、ひと声かけて会えばよい。人に話すだけで、解決の糸口が見つかることは少なくない。

しかし、会えないからといって失望する必要はない。何らかの理由でそうできないときは相手に手紙を書けばよい。

会わないからこそ、相手の存在をいっそう強く感じ、自らが本当に感じていることを語ることもできる。ドイツ・ロマン派を象徴する作家であり詩人のノヴァーリス（一七七二〜一八〇一）が手紙をめぐって次のような言葉を残している。

真の手紙は、その本性からして、詩的なものである。

（「花粉」『夜の讃歌・サイスの弟子たち他一篇』今泉文子訳）

詩を書こうとしてもなかなかうまくいかない。そんなときは、信頼する人に手紙を書いてみるのがよい。手紙を送る人は、生きている人でなくてもかまわない。あるいは、会ったことのない人でもよい。書物を通じて交わりを深めた作家や詩人、哲学者でもかまわない。

もちろん、詩を書くことに抵抗がないなら、自由に言葉をつむげばよい。悲痛の出来事を詩にする。すると、心のどこかに突き刺さって動かなかった悲しみと痛みが、記された文字によってまったく別な意味を持つようになる。

詩に限らない。文字を書くとき、無意識のはたらきはいっそう強くなる。手紙を書きつつ、次々と目の前に現れてくる言葉に驚く。そんな経験は誰にもあるだろう。人は思いのままに書いているのでもない。書くことによって自分が何を感じ、考えているのかを知るのである。

　あるとき俳人の正岡子規（一八六七～一九〇二）は、親友でもあった夏目漱石（一八六七～一九一六）に手紙を送った。

「例の愚痴談だからヒマナ時に読んでくれ玉へ。人に見せては困ル、二度読マレテハ困ル」、繰り返して読まれては困ると子規は書いている。むしろ記された内容は忘れてほしい。だが、手紙を書かずにはいられない気持ちを受け止めてほしい、というのだろう。

　このとき子規は、漱石に手紙をだけ送っているのではない。切なる「おもい」を送っているのである。さらにいえば、手紙を書きながら、内なる自分へも言葉にならない何かを送り届けようとしているように映る。

　苦しい、と声にだしても、具体的な苦しみが減るわけではないことを知りながら、私たちは、苦しいとつぶやく。苦しみがなくなることが重要なのではない。こうしたとき人は、自分のなかに潜む、苦痛の日々を生き抜くちからを探している。

日ごろ、弱音を吐くことのない子規も、漱石の前では赤裸々に自らの心情を語っている。別な日には、「僕ハモーダメニナッテシマッタ」と書き、こう続けた。

毎日訳モナク号泣シテ居ルヨウナ次第ダ、ソレダカラ新聞雑誌ヘモ少シモ書カヌ。手紙ハ一切廃止。ソレダカラ御無沙汰シテスマヌ。今夜ハフト思イツイテ特別に手紙ヲカク。イツカヨコシテクレタ君ノ手紙ハ非常ニ面白カッタ。近来僕ヲ喜バセタ者の随一ダ。僕ガ昔カラ西洋ヲ見タガッテ居タノハ君モ知ッテルダロー。

（『漱石・子規往復書簡集』）

このころ子規は、重篤な病を背負い、からだを自由に動かすことができなかった。いっぽう漱石は国の大きな使命を背負ってロンドンに留学している。「君の手紙」とは、漱石がロンドンから送った書簡を指す。

ペンを握ることもなく、理由もなく号泣している。手紙も止めていたのが、ふと君を思い書くことにした。君が海外から送ってくれた手紙は本当にうれしかった。ぼくがどれほど西洋に思いを馳《は》せているか、君もよく知っているだろう、というのである。

ここには文字の姿では記されてはいないが、海外ではどうか自分の分も物を見、人に出会い、見聞を広めてきてほしい。苦しいことがあってもいつも自分の「おもい」は、見えない姿で寄り添っている、そんな子規のおもいが読み取れる。

吐露《とろ》という言葉がある。この言葉にはどこか、語られた言葉の奥に真実が姿を現す、という語感がある。この手紙に記されているのもそうした性質の文字だろう。本来、読むことのできない私信だが、それを読むとき、私たちは文字を扉に、その奥にあって言葉にならないおもいを、感じとらなくてはならない。

このとき、子規にとって漱石は、旧知の人に留まらない。自分よりも自分の心をよく見得る他者となっている。そうした存在を私たちは、万感のおもいを込めて友、あるいは朋《とも》と呼ぶのではないだろうか。

朋友はときに、自分よりも自分に近い他者として、私たちの人生を横切るのである。

抱擁する詩人

歌を詠《よ》むという。「詠う」と書いて「うたう」と読むこともある。また、「詠」という文字が示すようにそれは、「言葉」と「永遠」にかかわる営みでもある。

和歌であれ現代詩であれ、詩歌を書くという行為は、言葉を現実界から永遠の世界に送ろうとすること、あるいは永遠の世界からの言葉を受け取る営みにほかならない。柿本人麻呂やリルケの生涯を見ていると、今述べたことが、単なる比喩ではないことをおもい知らされる。彼らはしばしば、亡き者たちの心持ちを詠った。むしろ、語らざる者たちの言葉を引きうけることを詩人の使命だと考えていた。

彼らにとって、詩歌を「詠む」とは自らの心情を吐露《とろ》することに終わるものではなかった。むしろ、人の心の中にあって、容易に言葉になろうとしないおもいに言葉の衣を着せることだった。詩歌に限らず書くとは、その根底において、おもいを言葉の器に移し替えることだ、といえるのかもしれない。

しかし、おもいの大きさに比べると言葉の容量はあまりに小さい。書くとは、言葉に収まるおもいだけでも、どうにかすくいとろうとすることである、と言った方がよいようにも感じられる。

もちろん、おもいも言葉もその重みを計量することなどできないから、「容量」という表現も比喩にすぎない。だが、書くたびにおもいがあふれでるという実感があるのも偽らざる現実ではないだろうか。それぱかりか、思ったように書けた、と感じる文章は、あとで読み返してみると意外とつまらない。逆にいえば、思ったようにしか書けていないのである。

思いではなく、想いや、憶い、念いのすべてが折り重なるように書けたとき、自分を驚かすようなものがふと生まれてくる。

詩を書いているときの私は、おもいのすべてを言葉にしたいとは思わない。むしろ、おもいが、見えない姿となって、文字の奥に染み込むようにと願っている。

詩を書くようになって起こった大きな変化は、手書きの習慣がもどりつつあることだ。飛行機や新幹線などの長時間の移動のとき、かつてはパソコンを開いて原稿を書くか、本を開いて五分ほどで寝るかのどちらかだったが、今は、かばんの中から紙をさがしだして、そこに詩の原形のようなものを書くようになった。

適当な紙がないときは、駅弁のまわりをくるんでいる包装紙などに書くことも珍しくない。短い詩であれば幾度もそれを書く。すると次第に言葉がからだに浸透していくような感触を覚えはじめる。おもうだけではどうしてもからだに入ってこない言葉も、書くという行為を通じるとそれが静かに流れ込んでくる。

写経とはこうした人間のこころのありようをじつに精確に把握したひとが始めた営みなのだろう。写しとるのはかならずしもお経でなくてもよい。心中をたゆたう自らの祈りのようなおもいであってもよいのである。

古語辞典を開くと、「歌」という言葉は、今日でいう詩も詩情も、さらにはそれを支える音律さえをも包含する言葉だったことが分かる。歌の言葉にはそうした言葉たり得ないものの姿を変えて潜んでいるというのだろう。

贈答歌という言葉もあるように人は大切な人に歌を贈り、歌で答えた。それは祈りを届けようとする行為に等しい。その伝統は現代にも生きている。

『茶の本』の著者として知られる岡倉天心（一八六三～一九一三）は、晩年に知り合ったインド人の未亡人にあるとき次のような詩を贈った。

言葉は思想の寡婦《やもめ》でしかない
黒と白の、なんという冷たい服で装われて！
私の歌はかよわい堤防
たけりたつ恋の潮を一瞬なりと
せきとめようとしてなす術《すべ》もなく。

わがひとよ、私にはあなたを捉える術がない
あなたを縛《しば》る術がない、言葉によっても韻によっても。
わがひとよ、あなたを捉える術がない
私には術がない、こんなにも私の歌にあなたを編んで、私のもの
と呼びたいのに。

（『宝石の声なる人に』大岡信・大岡玲編訳）

冒頭に「言葉は思想の寡婦でしかない」、言葉はおもいの半分も伝えられはしない、と自らのあふれる感情を表現しているのはいかにも熱情の人だった天心らしい。

彼の場合も詩を書くとは、自らのおもいを相手に届けることに留まるものではなかった。それは離れて会えない人との間におもいによって交わることのできる不可視な場を生み出すことだった。

さらに、「歌にあなたを編んで、私のものと呼びたいのに」とあるように、それは

言葉によって愛する人を抱きしめるに等しい営みでもあったのである。

燃える言葉

詩を書くとき、人は少なくとも世に二つの「詩」を生み出す。目に見える文字で記された詩と、心のなかでもう一つの言葉によってつむがれ、世に知られないまま、しかし、確かに存在し続ける、いわば見えない「詩」である。

文字となった詩を作る人を、世は詩人と呼ぶ。しかし、詩人が生の中心に詩情を据えて生きる人を指すのなら、詩を世に送りだすことのない隠れた詩人は、多く存在している。むしろ、人は誰も、その内なる世界に一人の詩人を宿している。

意図しないまま、意味の深みにふれるような言葉を、ふと口にするという経験は、誰にもあるだろう。それを聞いた相手が、詩人みたいだ、という。

このやりとりには、単なる軽口の応酬に終わらない何かが潜んでいる。このとき人は、心のどこかで「詩」とは何かを、明言できないままに、はっきりと感じている。

「言いたくない言葉」と題する茨木のり子（一九二六〜二〇〇六）の詩がある。現代日本を代表する詩人のひとりが、自分の舞台裏をそっと見せてくれたような、ほかの作品とは少し感触の異なる、じつに印象深い一編だ。この作品は、次のような一節から始まる。

心の底に　強い圧力をかけて
蔵《しま》ってある言葉
声に出せば
文字に記せば
たちまちに色褪せるだろう

（『茨木のり子詩集』）

心の奥にあって詩人であることの源泉となる言葉は、文字にした途端、その生命を失う、というのである。ここでは、文字、あるいは声にならない意味のうごめきを「コトバ」と書くことにする。

詩とは何かを定義するのは、文学とは何かを言明しようとするのに似て、語れば語るほどその余白を感じるような終わりのない主題だが、それでもなお、詩を定義しようとするなら、詩とは、言葉の器には収まらないコトバが世に顕現することだといえるのかもしれない。

顕現といっても、そのすべてが顕《あら》われるのではない。そのありようは、強烈な光源を伴う何ものかが接近してくるのに似ている。人がふれ得るのは、光の淵源ではなく、放たれた光線に過ぎない。光は太陽から発せられる。ただ、太陽そのものを直接見ることはできない。その熱を感じ、光を浴びるだけである。しかし、それでも私たちの世界観を覆すには十分な出来事だ。

先の一節に続けて茨木は、言葉たり得ないコトバとは「それによって／私が立つところのもの」、すなわち、見えない立脚地であり、「それによって／私が生かしめられているところの思念」であるという。

コトバによって生かされている、と彼女は感じている。ある人は、言葉の「力」によって他をねじ伏せ、わが身を守ろうとする。そのとき言葉は、人間の道具になる。だが茨木の実感はまるで違う。自分が生きるために言葉を用いるのではない。コトバを内包している言葉は、人間が意思を表現する道具ではなく、自らを、そして万物を生かしているはたらきだと感じている。

彼女にとって言葉の本当の姿は、五感で認識できるはたらきにあるのではない。それは、「いのち」を根底から支える不可視な「ちから」にほかならない。先の一節に彼女はこう続けている。

人に伝えようとすれば

あまりに平凡すぎて
けっして伝わってはゆかないだろう
その人の気圧のなかでしか
生きられぬ言葉もある

その人の存在を司《つかさど》る言葉は、凡庸な姿をしている。それゆえに他者のもとに届きにくい。だが、姿が平凡であるからといって、その言葉に「ちから」がないとは限らない。それを私たちが実感できるのは、己れの内なる世界の「気圧のなか」であるように思われる、というのである。

人は、しばしば素朴な言葉、ありふれた言葉と出会うことができずに苦しんでいる。

「おはよう」「ありがとう」「おやすみなさい」。これまで幾度となく聞いた言葉も、ある日、あるとき、ある人から発せられると魔法になる。その言葉は種子となって、受け取った者の心に根づき、葉を茂らせ、花を咲かせる。

最初の詩集『対話』の冒頭に「魂」と題する作品を据えた茨木が、魂の詩人でなかったはずがない。その精神は、「言いたくない言葉」という詩にも生きている。

この詩はコトバのはたらきをまざまざと描き出したものでもあるが、同時に、魂でコトバがうごめくさまを活写した一篇でもある。この作品は次の一節で終わる。

一本の蠟燭のように
熾烈に燃えろ　燃えつきろ
自分勝手に
誰の眼にもふれずに

心の奥、魂の世界ではいつもコトバの炎が明滅している。そこから放たれる見えない光によって人は、自らの道を見つけ出していく。

私たちは他人にまた自分に言葉を贈ることができる。だが、そのとき本当に贈りたいのは、言葉にならないコトバの光ではないのか。

詩を書くとは、おもいを言葉にすることであるよりも、心のなかにあって、ほとんど言葉になり得ないコトバにふれてみようとする試みなのではあるまいか。

むしろ、言葉にならないおもいで心が満たされたとき、はじめて人は、言葉の奥にコトバがあることに気がつくのかもしれない。

賢者の生涯

自宅近くに川が流れていて、その川に架かる橋の上で暮らす人がいた。七十歳くらいの初老の男性だった。冬の寒い日も、酷暑の日も同じ場所にいた。だが、昼間はいない。人が行き交うときにはどこか、別な場所にいるらしい。

朝、通勤する時間帯は寝ているか、日によっては別所に移っている。帰宅する頃にも休んでいる。そんな感じだから、顔を見ることはあまり多くなかった。それでも互いに同じ場所に何年も暮らしていると、何となく顔見知りになる。会社の行き帰りに時折、彼が顔を上げていて、目が合うと挨拶をする、そんな関係だった。

寒い日にはカイロやマフラーを、そっと段ボールのなかに置いたこともあった。マフラーは、大事にはしてくれているようだったが、袋からは出してもらえず、いつも同じところに置いてあった。

ある日、仕事が早く終わって、まだ、暗くならないうちに家路についた。その日男性は段ボールで作った囲いのなかで、あぐらをかいてじっと外を見ていた。

その姿を忘れることができない。彼の佇《たたず》まいだけでなく、その目の輝きすら、はっきりと想い出すことができる。見るべきものは見つ、といった様相で、その姿はどこか神々しくさえあった。

翌日は、午前中は家で原稿を書いて、昼ごろ事務所にむかった。すると、橋の上に、大きな百合の花束が置いてあった。彼が亡くなったのである。

その次の日には、花束が倒れないようにするためのブロックが運ばれ、たばこ、飲み物などが供物として捧げられていた。

あるときから、新たに小さな花束も添えられ、日を重ねるごとに供物も増え、一週間ほどの間に、その場所は、男性をおもう人の気持ちで美しく彩られていくようだった。

　気候が厳しくなると、外での生活も苛酷になることは誰の目にも明らかだった。行政の人や警察官は何をしているのか。せめて極寒、酷暑の季節だけでも屋根のある場所で暮らしてもらうことはできないのかと、自分が何もしていないことを棚上げして、やるかたない憤りを覚えることがあった。どうして世の中の人は、こうした人間がいるのを見て見ぬふりができるのかと、思ったりもした。

　しかし、現実は違った。多くの人が彼の生活を心配していたことが、途絶えることのない供物によって証明されていた。幾人もの人がその死を深く悼《いた》み、また、何もできなかったことを彼に謝っているかのようにも思えた。あの立派な花束を買ったのはおそらく、彼の亡骸を葬った警察官だったのではないだろうか。

　　飢える者たちには
　　パンを

渇く者たちには
水を
凍える者たちには
温かい飲み物と
一枚の毛布を
届けなくてはならない
でも　ほんの少しの
勇気が出せなくて
道で　そんな光景を目にしても
からだを動かすことができない
小さな声で挨拶し
そっと　会釈するだけ

おまえが
逡巡しているあいだに
男は　寒さのなかで
逝った

非力な者よ

せめて
おまえの近くに
おびえる者
声を出さずにうめく者がいたなら
無音の励ましと
慰藉《いしゃ》をおくるがいい

落ちこむ者
涙を流さずに嘆く者がいたなら
無形の祈りを
しずかに
届けるがいい

無力な者よ

そして
何もしない
何もできない
わが身を深く

思い知るがいい

家を失い、路上で暮らしていたあの一人の男性は、その姿をもって生きることの困難を体現していた。過酷な姿のために、私たちは現実から目をそらしたくなる。

しかしその一方で、彼の姿に接するたびに人は、同情とは異なる、小さな情愛を感じ、つながりのない人の境涯に心を痛めていた。男性は、自分の姿が誰かの心に情愛が生まれる契機になったという自覚など、まったくなかっただろう。

もし人が、自分の思いとは別なところで、この世に一つの愛を生むことができたなら、それはすでに稀有な、また高貴な出来事である。

今も橋の上を歩くたび、彼の見えない姿を感じ、聞こえない声を聴きつつ、そっと頭を下げている。

音楽の慰め

音楽を聴きながら文章を書く人は少なくない。だが、私はうまくいかない。流れくる旋律に心を奪われ、書くことに集中できなくなる。そこに絶妙な詞がついていたらなおさらだ。

だが、少し長めの原稿を書き上げたあとは必ず五、六時間、音楽を聴き続ける。聴くのはきまって夜で、それも、早い人は就寝するくらいの時間からだから、聴き終える頃には、夏であれば空が白んでくる。

身体によいことではないのは分かっているのだが、どうしようもない。音楽を聴けないと内面が抜け殻のようになる。音楽を欲する様子はまるで、のどが渇いたときに水を渇望するようだと書いた方が実状に近い。

それは動物が、欠乏した栄養素を必死に摂り入れようとするのに似ている。食物が身体の栄養源であるように、音楽は文章を書いたあとの精神の栄養だといえるのかもしれない。

二十世紀になって栄養学は、飛躍的な進化を遂げた。無数の栄養素が発見され、命名された。そのなかでもっともよく知られているのは「ビタミン」だろう。

ビタミン、と一言でいっても種類はじつに多く、一日に必要な分量もまちまちだ。なかでも、もっともよく知られているのはビタミンCで、厚生労働省は一日に百mgを摂取するのが望ましいとしている。よく見るカプセル一つに十分入る量だ。

いっぽうもっとも推奨摂取量が少ないのは、ビタミンBの仲間でビタミンB_{12}という栄養素で、二・四マイクログラム（μg）である。一mgは千μgだから、どれほど少ない量かが分かるだろう。微量だがビタミンB_{12}が欠乏すると神経系にトラブルが発生しやすいことが分かっている。塵《ちり》のような分量の栄養素の有無が、私たちの生活に大きな影響力を持つのである。

原稿を書き上げ、音楽を聴いているとき私は、多量の音楽ではなく、微量だが、なくてはならない、いわば「音のビタミンB_{12}」というべきものを探しているような感じもする。多くの音楽を欲しているのでなく、ある微量の、しかし、そのときの心情に合致する何かなのである。

それが何であるかは分からない。しかし、それを聴いたとき渇いていたのどが、もう水はいらないと感じるように、音楽を止める。

音楽は無くてはならない。だから、私たちは鼻歌を歌うこともあるのだろう。また、苛酷な精神状態のときに自然の声に音楽を発見したりもする。

音楽に救われたという経験もある。近しい人が重い病を背負い、入院していた頃のことである。面会が終わって家に帰ると、ほとんど無意識に音楽を聴いていた。

聴かなければ鎮まることのない当惑と動揺があったのだろうが、そのことに気がついたのは後日で、そのときは何かをむさぼるようにスピーカーの前に身を置き、流れ出る旋律を、全身に行きわたらせようとした。眠るときも必ず音楽を聴いた。音楽なしで眠ることはなかったように思う。

曲は決まってモーツァルトだった。なぜモーツァルトを選んだのかは分からない。ただこのときは、現代音楽や歌詞のある曲を煩わしく感じてはいた。なかでも「フルートとハープのための協奏曲」K・二九九をよく聴いた。何度耳を傾けたかは見当もつかない。百回は優に超える。

時が経過して、落ち着きを取り戻しつつあるとき、同じ曲を聴いてみた。だが、あのときの感動は戻ってこない。鼓膜をゆらす旋律は同じだが、心は、同じ曲として認識していない。異なる指揮者、演奏家のものも幾度も聴いたが結果は変わらなかった。

音楽は、いったいどこにあるのだろう。音楽が、データとしてCDなどに存在しているのであれば、私はあのときと同じ曲を聴けるはずだった。だが、現実は違う。純粋な音楽は、どこにも存在しないのではないだろうか。音楽とは、聴く人のこころのなかで生起する、二度と繰り返すことのない出来事の異名なのではあるまいか。

人は、同じ川に二度足を踏み入れることはできない、と語ったのは古代ギリシアの哲人ヘラクレイトスだが、それに似て私たちは、同じ音楽を二度聴くことはできない。人間は——人間だけでなく世界は——動的な存在であり、つねに変化しているからだ。どんなときも私たちは、二度と繰り返されることのない稀有なる旋律を経験している。

批評家の小林秀雄(一九〇二~一九八三)は、一度しか起こらないものこそ「芸術」と呼ぶにふさわしいと感じていた。「芸術は、必ず個性的なものを狙う」と述べたあと、こう続けている。


画家が、画布の上に描いたものは、或る時、或る場所で、彼が二度と見る事はない色彩とともに見たものである。詩人の歌うところは、詩人自身の心、誰の心でもない彼自身の二度と還らぬ心である。芸術家によって個性化されたそういう感情に、一般的な名称を与えようとしても無駄だ。

（『感想』『小林秀雄全作品別巻1』）

同じ題名の音楽を聴いても、それを受けとめる者によって、実感は大きく異なる。身を切られるような試練にあって聴いた「フルートとハープのための協奏曲」は、あのときの私にしか訪れることのない慰藉《いしゃ》の音楽だった。

あのときの音はもう耳には聴こえない。しかし、無音の旋律としかいいようのない永遠の音楽は今も、小さな人生の危機にあるときには必ず、私の心の奥から響き始める。

日ごろはあまり使わないが「楽想」という言葉がある。文字通り、音楽の姿をした思想という意味である。思想は、必ずしも言語によって表現されるとは限らない。むしろ、それが心に、さらにその奥に届くためには、ときに言葉の姿を脱した何かが必要であることを、この一語は静かに語っているように思われる。

それぞれのかなしみ

日ごろはあまり意識しないが、人はつねに「時間」と「時」という、二つの時空にまたがって生きている。

「時間」は過ぎ行くが、「時」は過ぎ行かない。時間は社会的なものだが、「時」は、どこまでも個的なもの、固有なものとして存在している。時間で計られる昨日は、過ぎ去った日のことだが、「時」の世界では、あらゆる過去の事象が、今の出来事としてよみがえってくる。

日常生活では、この二つの差異を明確に感じることはできない。しかし、ひとたび試練に遭遇するとき、人は、世が「時間」と呼ぶものとはまったく姿を異にする

「時」という広がりの存在を、ある痛みと共に身をもって知ることになる。

愛する人、愛する場所、愛するものを喪《うしな》う悲しみは、いつも「時」の世界で生起しているのだが、傍観する者の目には「時間」の世界の事象のように見えてしまう。時間的な記憶は、さまざまな要因で薄れることがあるかもしれないが、「時」の記憶はけっして消えることがない。私たちの意識がそれを忘れても、魂はそれを忘れない。

このとき私たちは、自らの実感と世間の常識とのあいだで板挟みになる。亡くなった人は、いなくなったのではない。その姿は目に見えず、手にふれることはできないが、その存在はかつてよりも強く、ときに熱く感じられることさえある。そう感じている人は多くいる。だが、それを語らない。語っても自分の実感が確かに伝わるとは思えないからだ。

こうして死者を身近に感じながらも人は悲しむ。悲しいのは亡き人が存在しないからではなく、存在をはっきりと感じるにもかかわらず、その声を聞けず、抱きしめることもできないからだ。

時間がたてば、悲しみは癒える、と人はいう。だがそれは、表向きの現象に過ぎない。悲しみは癒えるのではなく、深まるのである。悲しみの経験は、他者の目には悲しんでいないかのように見えるほど、私たちの心を掘る。

「かなしみ」は、「悲しみ」と書くだけでなく「哀しみ」とも書く。

悲しみは、悲痛という言葉があるように、ときに私たちの胸をつんざくような経験になる。

一方、哀しみは、哀憐《あいれん》という表現があるように、他者への深い憐れみを産む内なる泉の異名だ。

哀しみは、姿を変じた憐憫《れんびん》だといってよい。他者の悲しみを感じ取るのは、悲しみを生き、哀しみの花を内に秘めている人なのではないだろうか。

「悲しみ」は、私たちの心のなかで、いつしか一つの種となり、それが静かに花開いたとき、他者の悲しみを感じ得る「哀しみ」になる。ある日、おそいかかるように訪れた悲しみの経験が、それまでは容易に理解し得なかった他者の悲しみを感じる契機になっていく。

これまで、さまざまなところで、悲しみを哀しみに変じた人々に出会ったように思う。彼らは他者に同情しない。ただ、哀しみによって共振する。世に同じ悲しみなど存在しない。だが、異なる悲しみだからこそ、共鳴し、そこに常ならぬ調べを生む。

憐れみと同情は、似て非なるもの、というよりも、正反対の心情のように思われる。同情するとき、私たちはしばしば、他者に励ましの言葉をかける。同情は、心ない言葉によって表現され、人を傷つけることも少なくない。だが、真に憐れみを感じるとき、人は沈黙のうちに己れの心情を表わし、相手もそれを沈黙のうちに受け取ろうとする。

昔の人は、「悲し」や「哀し」とだけでなく、「愛し」「美し」と書いても「かなし」と読んだ。私たちが何かをうしなって悲しむのは、それを愛《いと》しいと感じているからであり、遅れてきた「愛《かな》しみ」の情感は、真に美しいものがすでに己れのかたわらに存在していたことを告げ知らせる、という経験が籠められているのだろう。

人は、うしなうまで、自分が相手を愛しいと感じているのを自覚できないことがある。人は、別れを経験することによって、うしなわれたものを愛していたことを知るともいえる。

「かなし」の世界を歌ったのは古人だけではない。詩人の宮澤賢治（一八九六〜一九三三）は「白い鳥」と題する作品で「かなしみ」の光景を次のように歌い上げている。

二疋の大きな白い鳥が
鋭くかなしく啼きかはしながら
しめつた朝の日光を飛んでゐる
それはわたくしのいもうとだ
死んだわたくしのいもうとだ
兄が来たのであんなにかなしく啼いてゐる

（それは一応はまちがひだけれども
　まつたくまちがひとは言はれない）

（『心象スケッチ　春と修羅』『宮沢賢治全集１』）

ここで賢治はあえて、「かなしく」とひらがなで書く。「悲しく」と書き記すだけでは終わらないおもいが、彼のなかにあるからだろう。鳥の姿を見て、亡き妹を強く感じるとき、彼の全身を「愛しみ」の情感が貫く。賢治は、鳥の姿とその鳴き声に、この上なく美しいものを感じている。

「一応はまちがひだけれども／まつたくまちがひとは言はれない」と賢治はいう。亡き者は「生きている」。それればかりか、こちらの姿をいつも眺めていると感じている。だが、そんな自分の認識が、世の常識に照らしてみれば妄想に過ぎないといわれることも賢治はよく分かっている。

もちろん、それは誰の目にも明らかな事実とはいえない。しかし愛する亡き者が鳥となり、その声に「愛しみ」のおもいを聞くという実感は、けっして打ち消しようのない私の真実だ、というのである。

賢治がそうしたように、私たちもまた、それぞれの真実を、どこまでも愛《いつく》しんでよい。人はしばしば、別れなき生活を望む。しかしそこにあるのは、真の出会いなき人生かもしれない。

出会いが、確実にもたらすのは別れである。むしろ、出会いだけが、別れをもたらし得る。出会いとは、別れの始まりの異名にほかならない。離別という悲痛の経験は、誰かと、真に出会うことがなければ生まれない。誰かを愛し、互いの人生に大きな変貌をもたらしたことのない者に別れはない。別れを感じた者は、己れの人生を誇りに感じてよいのだろう。

愛する者と死別する。それは永遠の別離ではなく、むしろ、けっして消え去ることのない永遠の世界での新しき邂逅の幕開けなのではないだろうか。

かなしみのちから

「かなしみ」は、ふれることも、量ることもできない。また、同じかなしみは二つとなく、それを比較することもできない。あるのはつねに、世にただ一つのかなしみだけだ。

人は、かなしみの底にいるときでも涙を流さないことがある。そればかりか微笑んでいる人さえいる。涙が涸れるのである。かなしみは目に見えない。目に映るのは涙であり、表情であって、かなしみそのものではない。

かな文字の発見は、日本語の表現においてほとんど、革命的といってよい転換をもたらした。「かなし」とひらがなで記すことで、そこに複数の彩《いろ》をたたえた感情を包み込むようになったのである。

「かなし」は、「悲し」や「哀し」と書くだけでなく、「愛し」あるいは「美し」と書いても「かなし」と読む。「哀」という文字には、「かなしみ」と共に「あわれ」という情感が伴う。哀憐という言葉があるように「あわれ」とは、憐憫《れんびん》の異名でもある。

悲しみの経験はいつしか哀しみへと変じ、向き合う人の心に、当人すら気が付かないかなしみを感じるようになる。悲しみが哀しみへと姿を変えるとき、人は、自己のかなしみを深めるだけでなく、他者のかなしみを己れの心に映しとる道を歩き始める。

私たちはかなしみによって、よろこびよりも深いところで他者とつながることを経験的に知っている。かなしみは、異なる二つの心のあいだに響き合いを生む。

「『悲』とは含みの多い言葉である。二相のこの世は悲しみに満ちる。そこを逃れることが出来ないのが命数である。だが悲しみを悲しむ心とは何なのであろうか」と柳宗悦（一八八九〜一九六一）はいう。

「二相」とは、悲喜が分かれ、美醜が分かれている世界である。しかし、柳は、どこかで「悲しみ」と「喜び」の間には見えないつながりがあると感じている。

さらに、「悲」の感情には、「悲し」という文字だけではとらえきれないものが宿っている。人はそこに不可視な意味のうごめきを感じつつ、この文字を用いている、というのである。さらに柳はこう続けている。

悲しさは共に悲しむ者がある時、ぬくもりを覚える。悲しむことは温めることである。悲しみを慰めるものはまた悲しみの情ではなかったか。悲しみは慈《いつくし》みでありまた「愛《いとお》しみ」である。悲しみを持たぬ慈愛があろうか。それ故慈悲ともいう。仰いで大悲ともいう。古語では「愛し」を「かなし」と読み、更に「美し」という文字をさえ「かなし」と読んだ。信仰は慈みに充ちる観音菩薩を「悲母観音」と呼ぶではないか。それどころか「悲母阿弥陀仏」なる言葉さえある。基督《キリスト》教でもその信仰の深まった中世紀においては、マリアを呼ぶのに'Lady of Sorrows'の言葉を用いた。「悲しみの女」の義である。

(『南無阿弥陀仏』)

「悲しむことは温めることである」が真実なら、私たちは自己の悲しみを生きるとき、見えないところで他者の悲しみに、ある働きかけをし、誰かの心に、いのちの熱を注ぐ役割を担っていることになる。

真に悲しみを感じるのは、私たちが本当に愛した者を喪ったときだ。悲しみは、何かを愛したことの証しにほかならない。だからこそ、「愛しみ」という言葉が生まれたのだろう。大切な人を喪って悲しむ。しかし、それは同時にそれほど悲しまねばならない人間と出会えたという切実なる「よろこび」の経験でもある。

また、「悲しみ」が「愛しみ」に姿を変じるとき、人は、人生でもっとも美しい情景の変化を心中で経験する。こうした出来事が、「美しみ」と書いても「かなしみ」

と読む由来なのかもしれない。

ある人は「悲しみ」を強く感じ、ある人は「愛しみ」、「美しみ」をより強く、濃く感じる。異なる「かなしみ」があるのではない。折り重なるように、多層的に存在している。

また、悲しみは情愛となって他者の心に注ぎ込むこともある。ただ、それは肉眼には映らないところで、まるで花々がその香りをどこかに届けようとするように密かに行われる。石牟礼道子（一九二七～二〇一八）はいう。


生きておりますと、私ども、いろいろな営みをするわけですが、花も、開こうと思って日夜命を営んでいるわけですけれども、人間もいかなる形であれ、日々命を営んでいるわけですが、形になって見える営みと、見えない形もあると思うのですね。私どもは形に見える営みもいたしますけれども、形に見えない営みを心の中に持っているわけでしょう。自分の行き先を求めて流れて行く水脈のようなものを持っていると思います。

（「不知火海より手賀沼へ」『花をたてまつる』）

ここでいわれているように、もし、かなしみが地下水脈を形作るのであれば、私たちの涙も、いずれ未知なる者のところばかりか、未知なる時代に生きる者たちのもとへも届くのだろう。

かなしみは、自己の内的な経験には終わらない。誰かも知らない他者とつながりを生む、人生になくてはならない経験であり、営みでもある。ここに引いた柳や石牟礼の言葉を読むと、世は、かなしみのちからによって支えられているようにさえ感じられるのは私ばかりではないだろう。

ゆるしのちから

神話学に大きな足跡を残したジョーセフ・キャンベル（一九〇四〜一九八七）という人物がいる。ビル・モイヤーズとの対談『神話の力』を読んだ人もいるかもしれない。深層心理学者のユングや河合隼雄とも交流があり、思想、科学、芸術の各界から実力ある者が選ばれ、集う、いわば賢者の集いでもあったエラノス会議にも複数回招かれている。

映画『スター・ウォーズ』が、彼の著作から霊感《インスピレーション》を受けつつ生まれたことは、彼のプロフィールには必ずといってよいほど記されている。これらの事実が象徴しているようにキャンベルは、二十世紀後半において、ことにアメリカでは分野を超え、大きな影響力をもった。

　人は、誰も外なる現実と内なる神話のあいだで生きているとキャンベルはいう。現実と神話のあわいに「真実」の世界があるというのだろう。だが、現代人はあまりに現実に重きを置き、神話の世界を忘れた。神話をよみがえらせ、真実と向き合う場所を浮かび上がらせなくてはならない。それがキャンベルの遺言だった。

　彼の著作『野に雁の飛ぶとき』（武舎るみ訳）を読んでいたら、『グリム童話』をめぐる興味深い記述に出会った。私たちが手にする『グリム童話』は、グリム兄弟が作ったものではない。彼らは隠された宝珠を拾い集めるように民話の語り部を探し、その言葉をなるべく忠実に記録することに精力を費やした。キャンベルは、この物語が長く読まれ続けているのは、口伝《くでん》の言葉をなるべく生かそうとしたものだったからだという。グリム兄弟のほかにも民話を集めようとした学者はいた。しかし、彼らは物語を語る民衆の言葉に手を加え、自分の物語に変更してしまっていた。

「グリム兄弟以前のおとぎ話の収集家たちは、民間伝承は自由に手を加えてもかまわないものと考えていたが、二人は庶民の言葉をそのまま活字にしようと努めた」とキャンベルは書いている。学者たちにとって民話とは言葉で綴られた伝承の記録だったが、グリム兄弟にとっては違った。それは言葉、ことに文字という様式からは容易にこぼれ落ちてしまう何ものかだった。物語を文字に還元するのではなく、文字たり得ないものを文字に記す。この矛盾に挑むこと、そこにグリム兄弟の試みがあった。

文字にしてしまえば消えてしまうもの、それを語り伝えたい。これが民族の差異を超えた根源的な欲求であることはさまざまな文明が伝えている。日本でも『古事記』の存在を想い出すだけで充分だろう。

このとき、人はまず、信頼できる人を探し、語り始める。そのとき言葉は、知性から知性に注ぎ込まれる情報ではなく、それは、心から心へと伝えられる燈火のようなものになる。喩えではない。プラトン（前四二七〜三四七）は、哲学は魂から魂へと飛翔する火花であると述べ、同様の実感は宮澤賢治の詩にも記されている。誰かの言葉にふれ、「熱い」と表現したくなることがあるのもそのためだろう。

民話だけでなく、語るべきことが歴史的な出来事であるとき、語り部が生まれる。戦争、あるいは不当な差別などが時間の経過と共に忘れ去られそうになったとき、どこからともなく語り部と呼ばれる人々が世に顕《あら》われ、今を生きる人と歴史の橋渡しをする。

水俣病の語り部をしている緒方正実さんの講演を聞く機会があった。彼は今、熊本県水俣市にある水俣病資料館で、水俣病事件とは何であったのかを語り続ける「語り部の会」の会長でもある。

講演の演題は「怨みと赦《ゆる》し」だった。ここでの「怨み」とは、自分と自分の大切な人を襲った水俣病の原因を作った企業への怨嗟《えんさ》と患者たちを不当に差別した世評に向けられた感情を指す。だが、それらをすべて「赦し」たいと思うようになったと緒方さんは語った。誤解を恐れずにいえば、彼の口ぶりからは、赦したいというよりも赦さずにはいられないと語るべきおもいが感じられた。

あのとき語られたのは、単なる美談ではなかった。彼は自分のなかに、わが身を滅ぼすような威力をもった怨みがあったことを否定しない。ここでの「赦す」とは、企業への責任追及を止めることを意味しない。彼は、出来事としての水俣病事件に関しては、一切許容するつもりはないと断言する。補償もまた十分になされなくてはならない。このことにも妥協するつもりはないという。原因企業には、いつわりのない原因究明と情報の開示、さらには同質の出来事を未然に防ぐための万全な体制を整えることをこれからも求め続ける。しかしそれは、糾弾のためでなく、真の協同を実現するための営みだと緒方さんはいう。

水俣病事件をめぐる闘争が膠着化した原因は一つではない、と緒方さんは前置きしながら、そのなかには自身を含めた患者たちが、苦痛と被害をあまりに強調し過ぎたこともあったのかもしれないという。

さらに大きく両手を広げながら彼は、こう続けた。

水俣病患者として、一方では耐えきれないほどの苦痛と差別を経験したが、もう一方では、耐え難い試練を生きねばならなかったからこそ、めぐり逢うことのできた人生の恩恵もあった。真実をあらわにしようとするならば、その両方の出来事にふれねばならないと思う。

人生の恩恵と彼が語っていたのは、もちろん賠償金などの物理的な事象ではない。他者から注がれるささやかな、しかし、かけがえのない情愛である。病という試練を背負ったからこそ、同情ではない、真の憐憫を経験できたというのである。

それはあるときは一つのまなざしによって、またあるときは一つの言葉として彼の前に現れた。これほどの悲嘆を生きなければ、これほどの慰めに出逢うこともなかったとも語った。

「赦し」という言葉が大きな誤解を招く可能性があるのは、彼も十分に承知している。赦せないと語ったとしても誰もそれをとがめることはできない。それでもなお彼は、「赦す」ところからしか始まらない何かがあるという。

水俣病運動が烈しく行われていたとき、人々は「死民」という文字を記した大きなのぼりをかかげ、街を練り歩いた。耐え難い苦しみを抱えながら、その胸のうちを語ることなく亡くなっていった死者たちも、この列に不可視な姿で連なっているというのである。

緒方さんの言葉の背後にはいつも死者たちを感じる。彼は、敵対するものと向き合い直すことを死者たちが求めているとも語っていた。さらに、そうすることが、これから生まれてくるいのちに対する重大な責務であるとも述べる。

「水俣病は終わっていない」と語ったのは医師である原田正純（一九三四～二〇一二）である。この言葉を私たちは「水俣病は終わり得ない」と書き換え、受け継いでいくべきなのかもしれない。

苦しみの底を生きた者が、その真実を語らないまま逝かねばならなかったのが水俣病事件である。水俣病の原因となった有機水銀は、神経を冒し、語る機能を人間から奪うことがあるからである。

だが、語ることのできない者にも語るべきことはある。後世の者が受け継ぐべきは、この語られることのなかったおもいなのではあるまいか。

そうした思いは緒方さんにも強く受け継がれている。終わりがないからこそ、「赦し」のもとに力を合わせていかねばならないと、彼は考えている。

大いなる赦しが生まれるところには、大きな怒りと苦しみ、痛みがある。憤怒や苦痛が赦しの母胎になっている。私たちの常識から考えれば、それはほとんど不可能に近い営みのようにも思える。

「赦し」の公理は、私たちの日常にもはたらいている。緒方さんはそう言葉にすることはなかったが、彼の姿はそのことを力強く体現していた。その秘密は文字に書き記すことはできない。しかし、人のこころからこころへと伝えることはできる。だから、私は語り部でありつづける、そんな無音のコトバも彼の胸から静かに流れ出ているように感じられた。

カズオ・イシグロと文学の使命

二〇一五年の春、カズオ・イシグロは、新作『忘れられた巨人』の刊行に合わせ来日し、各所で講演やインタビューを行った。そのうちの一つが、当時、私が編集長をつとめていた『三田文學』が、慶應義塾大学と共催で行った公開のインタビューだった。

イベント終了後、関係者だけの小さな集まりがあり、少しの間、彼と話をすることができた。初対面で、共通の関心事といえば、書くこと以外になく、そもそも自分にとって「書く」という営みはどんなことか、という話になった。

作家が物語を創る。それが現代文学の常識なのかもしれないが、すべての作家がそう感じているわけではない。物語が作家に宿る、と感じている人もいる。カズオ・イシグロもその一人だ。

公開インタビューだけでなく、その後の集まりでも、彼が話していたのは、物語は最初から文字の姿をして訪れるわけではない、ということだった。

色のような、流れのような、イメージのような、ともあれ小説として読まれるときの文字とは、およそかけ離れた姿のものが訪れ、それが自分のなかで育っていく。それを書くことで呼び覚ましている感じだとも述べていた。言葉が自分に物語を書かせている、そう語り出しそうな口ぶりですらあった。

さらに彼は、書き始めてみると、この物語がいつから自分に宿っていたのか分からなくなる、とも語っていた。

ある時期まで彼は、作品をめぐって公の場で語ることはなかった。読者が関係を結ぶのは作品、さらにいえば言葉とであって、書き手がそこに介在することで読み手と言葉との関係を阻害するのではないかと考えていたのである。

話してみると、そうしたおもいは、謙遜からというより、ある深い実感をともなう経験に由来するように感じられた。そのことは、今回のノーベル文学賞の受賞後の談話でも、いわゆる作者であることを徒《いたずら》に主張しない態度にも、じつによく表れている。

あの日、イシグロと言葉を交わしながら、心に浮かんだのは、彼にとっての母語と母国語の関係だった。

作品を英語で発表し、イギリス国籍を持ち、その地で暮らしている事実から明らかなように、彼の母国語は英語だ。しかし、彼のなかには、私たちが日ごろ用いる言語とは異なる姿をした「日本語」という、ある種の空間があるように感じられた。

ここでの「日本」は、現代の日本とはほとんど関係がない。それは国籍や地図上の地域を指す名称ですらない。また、「語」というのも必ずしも言語とは限らない。それは詩情といってもよく、世界を感じる態度であり、心情の色でもあり、不可視なものとの関係のありようを指す何かである。鈴木大拙がいう「日本的霊性」に近いものだといってもよい。表層的な意識の作用でもなく、思考、想像、祈念、回顧、記憶のすべてを統御する「おもい」のはたらきだといえるだろう。

ノーベル賞受賞後の新聞の記事で、彼は日本語を解さないという発言を読んだが、事実ではない。先の集まりのときに本人に「日本語はまったく分からないのですか」と尋ねると、彼はこう答えた。

「話すのは本当にできないんです。でも、聞く方は半分くらい分かることがあります」

そんな会話をしているうちに、会合によくある主催者の挨拶が始まった。イシグロの横に通訳はいない。壇上の人は世界的な作家、カズオ・イシグロを招くことができて、光栄だという話をしている。

その言葉を聞きながら、目は自ずとイシグロを見つめていた。彼は、まったく自然に微笑み、そして恐縮し、少し顔を赤くしていた。

挨拶が終わって、「どんな批評を書いているんですか」と彼が尋ねる。たどたどしい英語で自分の仕事の説明をする。彼はそれをじっと聞いている。その姿を見ながら私は、『日の名残り』に記された一節を想い出していた。

当時、私ども同業の者には真の仲間意識がありました。仕事への姿勢に多少の違いはあっても、本質的には、いわば「同じ布から裁断された」人々ばかりでしたから。

（土屋政雄訳）

彼は、批評家という自分と異なるタイプの書き手はもちろん、読み手もまた、言葉とコトバによって世界に参与しようとする「仲間」だと感じているのかもしれない。彼も、自分の作品がどう受け取られるかが気になることもあるに違いないのだが、それよりも文学が今、どういう役割を担い得るかにいっそう強い関心があるのは、彼の作品からも言動からも明らかだった。

よく考えてみれば、彼の態度は必然だった。作品が生まれるとき、語り手であるより、意味の受け手となっている彼は、言葉がどこから来たかもよく分からない。そうした書き手が、自分に宿った言葉が、どう世の中に受け入れられるかを考えてもあまりうまくいかない。

だが、読者である私たちは、言葉が彼を選んで世に顕《あら》われていることをはっきりと感じつつ、その作品を読んでいる。彼を通じて届けられた言葉の真の意味を認識するのは、彼と共に読み手に託された役割なのだろう。

文学が果たし得る使命という問題であれば、物語を生むほどの言葉との豊かな交わりにおいて深められた彼の経験は、じつに貴重かつ主体的な役割を担い得る。ノーベル賞受賞後のコメントで、平和への貢献を強く語っていたのもそうした態度を象徴するものなのだろう。

人類の歴史

日本語の「花」は、英語のflowerと必ずしも同義ではない。たしかに重なる部分はあるが、けっして交わらない意味領域も少なからず存在している。日本文学――ことに古典文学――における「花」を、無条件にflowerと英訳したら、詩情は奪われ、ほとんど意味をなさないものになってしまう。もちろん、逆に英詩にあるflowerをすべて「花」に置き換えても、無味乾燥な記号の羅列になりかねない。

「花」は、ときに桜を意味し、またときにある人から放射される人間的魅力を指す。「あの人には花がある」という言葉を口にしたことのある人は少なくないだろう。また、世阿弥の『風姿花伝』に「秘すれば花」ともあるように、この一語は、人間に内在する異能を示す言葉でもある。

人は、その用いる言語、その人のもつ価値観によって世界を構築している。むしろ世界は、言葉によってできているといった方が精確なのだろう。私たちは、そのことをあまり強く意識しないが、ひとたび事が起きると言葉の威力の大きさに驚かされる。

たとえば、今日、法改正によってあることが違法になる。すると、昨日まで普通に行っていた行為によって私たちは裁かれ、ときに行動の自由を奪われることもある。このとき変わったのは法律の文言、すなわち言葉に過ぎない。だが、法において言葉のちからはすさまじく、ときには人のいのちさえも脅《おびや》かす。

憲法改正の是非が論議されている。日本国民はまさに、言葉といのちの問題に直面しているのだが、言葉とは何かということはほとんど顧みられないまま事態が進んでいる。どんな文言を加え、あるいはどの文言を変えるかの論議ばかりしている。言葉とは何かを真剣に考える過程を経ないまま、長くふれられなかった憲法に触ろうとしている。

憲法をどう変えるかを考える前に、まず、憲法とは何かを真剣に考えてみなくてはならない。さらにいえば、憲法の精神がそもそも、言語化可能なのかという本質的問題も、真摯《しんし》に考察する必要がある。

イギリスには、明文化された憲法が存在しない。憲法が不要だと考えたのではなかった。憲法の精髄は、人間が用いる言語では表現し得ないという事実を黙殺しなかったのである。憲法改正とは、言葉では表現し得ないものを、どうにか文字に記そうとするほとんど不可能な挑戦であることを、私たちは今一度、深く認識してよい。

先に、言葉がいのちを奪う、と書いたがそれは大げさな喩えではない。事実、日本はかつて、治安維持法という法律のもとに言論を弾圧し、ある者たちを死に至らしめた。

その一人が哲学者の三木清(一八九七～一九四五)である。三木は、作家で、共産党員で治安維持法の被疑者でもあった高倉輝《てる》（一八九一〜一九八六）の逃亡を助けたという嫌疑で逮捕され、獄中で死んだ。

一九三三年五月、三木は「ナチスの文化弾圧」（『三木清全集』第十九巻）と題する一文を書き、ユダヤ人への差別を初めとしたナチスの「国粋主義的文化政策」を強く糾《きゅう》弾《だん》している。ナチスが第一党となり、ヒトラーが首相に任命されたのは同じ年の一月である。このときすでに三木が、ナチスの世界観にはっきりと否を表明しているのは注目してよい。この発言は同時に、当時の日本政府への異議申し立てでもあった。

まず三木は、あらゆる文化が、その純潔性を主張しようとする愚かさを語る。あたかも自国の文化は、他国、他の文化圏からの影響を受けずに発展したかのようにいう人は、いつの時代にもある。

ドイツ哲学からギリシア哲学の痕跡を打ち消したら、どのようになるかを想像してみればよいと述べ、三木は、「一の文化は他の文化と接触することによって発展し、開花する。非ドイツ的文化の影響のもとにドイツ的文化も生長し得たのである」と書く。

ここでの「ドイツ」を「日本」に置き換えるだけで、三木の発言がいかに時代の迷妄の核心を捉えたものだったかが分かるだろう。

言語は、文化の表象だといってよい。文化には差異がある。差異はどこまでも違いであって優劣の基準ではない。完全なる文化は存在しない。文化とは、不断の交わりのなかに生起しつつある、止むことなき精神現象の呼称だろう。

日本語によって映し出される世界がある。しかし、それは他の文化と出会い、交わることによって変貌し、それまでになかった豊かさを宿すものへと変貌していく。日本文化における漢字の役割を考えてみるだけで、そのことが何を意味するか一目瞭然である。

あらゆる文化は、異なるものと遭遇し、それらと対話を積みかさねることで新しい「調和」を生み出してきた。国家が交わりを嫌っても文化は他との交わりを志向する。それが文化の宿命だといえる。三木は、先に見たのと同じ一文で、同時代の哲学者マックス・シェーラー（一八七四〜一九二八）の、文化の調和をめぐる次の言葉を引いている。

調和そのものは、世界戦争においてその最初の現実的な全体的体験をなしたところの——けだしここに初めていはゆる人類の一個の共通なる歴史は始まる——人類の逃れることのできぬ運命である。

真に存在するのは、「人類の一個の共通なる歴史」であって、「日本史」ではない。それは、前者が円であれば、後者は弧に過ぎない、というのである。「日本史」という文言が無反省に用いられるとき、日本から見た歴史だけが唯一の事実のように思われてくる。しかし、シェーラーの言葉に照らしてみると、「日本史」という表現も、事象の表層をなぞったもののように映る。純粋なる一国史、狭義の「日本史」という窓からでは、真の日本の歴史の全貌は捉え得ないように感じられてくる。

日本は、古くから海外とも交わりをもってきた。その影響はしばしば国家の中枢に及ぶものだった。宗教、政治、芸術、文字も私たちは、さまざまなものを異国から受容した。『古事記』も『万葉集』も、漢字のちからを借りつつ記されている。中国、韓国を中心とした東アジアの諸文化との交流がなければ、私たちは今も、文化と呼ぶにふさわしいものを有してはいないだろう。

こうした事情は個々の人生においても変わらない。他者との交わりがいかに重大な意味と役割をもっているかに気がつくだろう。また、交わりの本当の意味が、文字では表現できない場所で起こり、受け継がれていく。国であれ、個であれ、真の歴史は、「語られざる」場所で生きていることを認識することになるだろう。

『語られざる哲学』と題する、三木が若き日に書いた一文がある。彼は、哲学の本質は文字では語り得ない場所にあるという。

懺悔は語られざる哲学である。それは争いたかぶる心のことではなくして和ぎへりくだる心のことである。講壇で語られ研究室で論ぜられる哲学が論理の巧妙と思索の精緻とを誇ろうとするとき、懺悔としての語られざる哲学は純粋なる心情と謙虚なる精神とを失わないように努力する。語られる哲学が多くの人によって読まれ賞讃されることを求めるに反して、語られざる哲学はわずかの人によって本当に同情され理解されることを欲するのである。

雄弁に語られた言説、詳細に書き記された言葉があったとしても、そこでは起こったことの断片しか述べられていない。誰の人生においても、語り得たことに比べれば語り得なかったことの方がはるかに多い。それは人の生涯でも国の歴史でも同じだ。

語られざるものを感じとるために私たちは、しばしば、解析し、自説を展開しようとする気持ちを鎮《しず》めて、自らのうちに「純粋なる心情と謙虚なる精神」を目覚めさせなくてはならないのだろう。語ろうとするのをやめ、歴史の沈黙のコトバに耳を傾けなくてはならないのではないだろうか。

臨在する者

会社の同僚には、子育て中の母親である女性も複数いる。彼女たちの姿を見ていると、仕事をしつつ、離れた場所にいる子どもを気遣うという、論理的には相反することが両立しているのが分かる。ことさらに意識することはないまま、心の深みでいつも子どもの存在を感じている。

ある女性は、仕事中、息子を、ある色のうごめきとして感じていると語っていた。ここでの「色」はもちろん、内的なイマージュで、もちろんすべての人がそう感じているわけではない。

だが、ほとんどかたちを帯びない無形の何かとして、大切な人の存在を感じることはある。離れていてもいつもそばにいてくれる感じがする、というのもあながち比喩とばかりもいえない。大切な人は、生きているとは限らない。あの人はもうこの世にはいない。しかし、かつてよりも私の近くにいる、そうした声は、何度も聞いたことがある。

生ける者が傍らにいるのを「存在」と呼び、亡き者たち、あるいは人間を超えた者たちがそこにいることを表現するとき、「臨在」という言葉を用いる。

大いなるものがその姿をあらわすことを意味する「光臨」という表現がある。「臨」という文字には、どこか日常の常識を突き破って何かが顕現するという語感がある。「臨む」と書いて「のぞむ」と読むが、ここで人が眼にするのは、常ならぬ何ものかだ。死に臨むことを指す「臨終」という言葉も、そう考えると意味の深みをかいま見る心地がする。

臨在するものは、しばしば、私たちの意識では捉えられないところに存在している。別な言い方をすれば、人は日々、意識では十分に捉えきれない何かによって守られている。秘められた記憶もその一つだ。むしろ、記憶のほとんどは意識されていない。

どんな人のなかにも膨大な記憶が眠っている。そう語るのはプラトンである。この哲学者にとって「知る」ということは「想い出す」ことだった。私たちは誰も、人類の記憶を内に秘めて生きている、というのである。

また、ユング派の人々がいうように、私たちの無意識が個人に属するものだけでなく文化や時代、あるいは地域、そして人類さらには普遍へと深く開かれたものであるとすると、有史以来の「記憶」は、万人のなかに伏在《ふくざい》している、ということになる。

想い出せないことは記憶から消えてしまったのだ、と誰かに言われるとする。即、どこからともなく湧き上がる、衝動的、あるいは本能的な何かが、強くその言葉を否むのではないだろうか。

思い出せないものも記憶として存在する。さらにいえば、その存在が意識にのぼることがなくても、それが臨在しているのを感じている。無いのに存在する、こうした言語的にはまったく矛盾している事象が、私たちの生活では日々、起こっている。

たとえ私の頭が（戦争）という言葉を忘れ去る時があっても、私の皮膚は（その日）を、その日からのどす黒い、ぼろぼろの道程を――そしていつ果てるとも知れぬ狂気と死への対決を――記憶し、反芻し、予知しつづける。

この一節は、伊東壮《たけし》という人物が書いた「原爆被害者の現状と〝否定〟意識」という論考にあるのだが、書いたのは彼ではない。この言葉をある広島の被爆者の手記のなかに見つけ、自らの論文の冒頭に引用したのである。

文章は、手や頭ではなく、「血」で記されなくてはならないとニーチェは書いているが、先に引いた言葉が、理性と知性のみによって綴られたものではないのは、一読して明らかだ。文字通りの意味で血によって紡がれた言葉だといってよい。

意識に刻まれた記憶は、儚《はかな》い。時の経過とともに消えゆくのかもしれない。しかし、「皮膚」に刻まれた記憶は違う。それは意識とは別な、さらに深い場所で生き続ける、というのだろう。

ここで「皮膚」というのは、火傷によって黒くなった身体の一部を指すだけではない。皮膚感覚という表現が、単なる生理的感覚ではなく、それを含みつつ心情的な感覚のはたらきを意味するように、ここでの「皮膚」もまた、一つの身体的器官ではなく、人間の全存在を包含する、いわば、たましいの「皮膚」というべきものではあるまいか。ただ、私がこの一節に初めて出会ったのは、伊東の文章ではない。神谷美恵子（一九一四～一九七九）の『生きがいについて』だった。

彼女は先の一節を引きながら、ここに記されているのは、原子爆弾を生み出した現代文明への強靱なまでの否定意識だが、「この患者のことばには個人を超えた、人類的な響きがある」といい、また、「すべて外なるものを否定しても、自己だけを最後のよりどころにできるならば、人はまだそこを足場として、外のものと戦うこともできる」とも述べている。先の言葉を引きながら神谷は、別の広島の人が書いた詩を引用する。

続いているたしかに続いている
終っていないたしかに終っていない
それは　あまりにも忘れたこと
ひとりひとりの過まちをおかしていたこと
平和は手をつなぐというかんたんなこと
本当の戦いは　自分自身に向かって進めていくものだとだれも知ろうとしない。

（岩谷隆司「つづいているあやまち」）

伊東壮の論文は、一九六〇年、戦後十五年という節目の年に雑誌に発表された。岩谷の詩を含むアンソロジー『広島詩集』は六五年に公刊されている。五十余年以上が経過した今日、私たちの「皮膚」は、あるいは「手」は、先人が感じていたように「平和」の危機を認識し得ているのだろうか。

知性で認識したことは論破されれば崩れ去ってしまう。しかし、「皮膚」や「手」で記憶していることの前では、どんなに巧妙な論理も役に立たない。感覚は過たない。判断が誤るのである、とゲーテは語っている。ゲーテが感じていたのも「皮膚」感覚のたしかさと知性の脆弱《ぜいじゃく》さである。

現代人は、頭脳を鍛えすぎているのかもしれない。平和をいかに打ち建てるかをめぐって論議ばかりしている。言葉を尽くして考えることが重要なのは言うまでもない。しかし、同時に他者の痛みを、歴史の痛みと「皮膚」と「手」によって交わる道を、見失ってはならない。深い憐憫を伴うことなく生まれた「平和」はいつも、為政者が説く征服の異名に過ぎないことを歴史は教えているからである。

プラトンの教育観

同時代の「哲学者」と呼ばれる人の多くが、大学などの研究機関を中心とした生活を送りつつ、自らの思想を体系化していくなかで、アラン（一八六八～一九五一）は異なる道を進んだ。長くフランスの高等中学校リセの教師をつとめ、これから自我を確立しようとする若者たちに寄り添い続けたのである。

「アラン」は筆名で、本名はエミール＝オーギュスト・シャルティエという。『幸福論』の著者として彼の名前を知る人も多いだろう。彼の教え子には、シモーヌ・ヴェーユ（一九〇九～一九四三）や、作家でのちに文化相を務めたアンドレ・マルロー（一九〇一～一九七六）もいる。

高校教師であったことと、彼が、いわゆる体系立った哲学を残さなかったことも無関係ではない。彼にとって哲学とは、事象を概念化し、自説を提唱する行為ではなく、人間が向き合うところで、日々生起する、不断の営みだった。哲学の真義――ここではそれを「叡知」と呼ぶことにする――は、教師と学生の間を往還する、生ける出来事だと信じたのである。

哲学の祖ソクラテス（前四九六頃～前三九九）は、哲学を、魂が新生するための助産術のようなものだと考えた。ソクラテスにとって生きる最大の意味は、魂を育むことであり、死の彼方にある次の生涯に備えることだった。

ソクラテスは、哲学の著作を残さなかった。私たちは、弟子のプラトン（前四二七～三四七）を通じてこの賢者の言葉と向き合っている。アランは、生涯にわたってプラトンを愛読した。その影響は甚大で、その思索の軌跡は『プラトンに関する十一章』にまとめられている。その一章の冒頭にアランは、プラトンの言葉を引いている。

いっそう美しく、いっそう偉大なものである非物体的なものについて言えば、それらは、ただ言葉《ロゴス》を通してのみ現われてくるのだ。そして、他のどんな手段によっても、明晰には現われてこないのだ。

（『ポリティコス』森進一訳）

人間にとって、かけがえのないものは「非物体的なもの」である、とプラトンはもちろん、アランも考えていた。それればかりか、物体的なものの奥に「非物体的なもの」を見出すこと、それが、哲学者に託された使命だとプラトンはいうのである。引用はしばしば、重大な告白となる。そう考えたのはプラトンだけではない。アランもそうだったのである。

「非物体的なもの」というと、少し難解に映るかもしれない。だが、「見えないもの」あるいは「所有することができないもの」と言い換えるとより身近に感じられるのではないだろうか。

物体的なものは所有できる。だが、「非物体的なもの」を所有することはできない。絵画を、金銭を、あるいは権力すら人間は手中にできるが、美を、真の豊かさを、あるいは人徳を所有することはできない。私たちは、そのはたらきに支えられながら生きるほかない。叡知もまた、そうした「非物体的なもの」の一つである。

また、「非物体的なもの」の本質は、通常の言語では捉えきれない。そのためには「ロゴス」のちからを借りなくてはならない、とプラトンはいう。

「ロゴス」とは、言語を超えたもう一つの言葉である。さらにいえば、言葉にいのちを与えているはたらきだと考えてもよい。ロゴスは、言葉がないところにおいても働く。むしろ私たちは、日常では、言葉よりもロゴスをよりいっそう身近に感じ、暮らしている。だからこそ、言葉が姿を消した沈黙からも意味を汲《く》みとるのである。哲学者が真に用いるべきは、言語としての言葉ではなく、「ロゴス」と呼ぶべき、もう一つのコトバだとプラトンはいうのである。

近代日本を代表する哲学者である井筒俊彦（一九一四〜一九九三）は、プラトンがいう「ロゴス」を「コトバ」とカタカナで書き、自身の哲学の中核に据えた。世界はさまざまな「コトバ」で満ちている。さまざまなものが、さまざまなるときに「コトバ」に変じるというべきなのかもしれない。

「存在はコトバである」（「言語哲学としての真言」『読むと書く』）と井筒は書いている。コトバこそ、万物を有らしめているはたらきだというのである。

どんなに見た目のよい言葉を発しても、「コトバ」のはたらきが十分ではないとき、言葉は、相手の心に届かない。誰が見ても同様のことを認知する記号的な意味を表現するだけなら言葉で事足りるが、語り得ないものを相手に伝えようとするとき、私たちはどうしても「コトバ」のちからを借りなくてはならない。

四十歳ごろプラトンは、アカデメイアという哲学の学校を開いた。「学校」といっても、単に教養を積む機関に留まらず、東洋でいう「道」を探究する趣を有した哲学修道院というべき空間でもあった。プラトンは、ここにアリストテレス（前三八四〜前三二二）をはじめとした幾多の弟子を招き入れ、言葉を尽くして哲学を語り、今日に伝わるものだけでも大部の著述を残した。

真の意味において知るとは、すべて「想い出す」ことである、とプラトンは『メノン』と題する著作で述べている。「想い出す」ことをプラトンは「想起《アナムネーシス》」という。哲学とは、「想起」のはたらきを純化し、深化させることだと彼は考えていた。

叡知は、万人に生まれながらにして、平等に与えられている。しかし、人はそれを十分に「想い出せ」ているとは限らない。そこで師という存在が必要になる。だが、プラトンが考える師は、弟子に何かを教えるのではない。弟子が、なるべく完全に想起できるように支え、導くことにその役割がある。

現代の教育界は、プラトンが信じた叡知の存在を信じているのだろうか。それとも、学ぶ若者たちの心には本来は何もなく、大人が教えることによってはじめてそこに何かが植えつけられる、と考えているのだろうか。子どもたちは粗野な心しか持っていないのか、それとも、未熟ながら、本質においては完全な心を宿しているのだろうか。もちろん、プラトンは後者の立場に立つ。

彼が活躍したのは二千三百年以上前である。現代と古代ギリシアは状況が異なるというかもしれない。だが、プラトンの考えが時の流れに左右されないことは、現代でも彼の言葉が読まれ続けている事実が明証している。

七十代になったプラトンが、亡くなった愛弟子の遺族に送った書簡が残されている。そこで彼は、哲学の真義を言葉で伝えることはできないと述べている。叡知が師から弟子へと伝わるときは、「いわば飛び火によって点ぜられた燈火のように、〔学ぶ者の〕魂のうちに生じ、以後は、生じたそれ自身がそれ自体を養い育ててゆく」(「第七書簡」『プラトン全集14』長坂公一訳)というのである。

教育において大いに言葉を頼みにし、あれほど多くの著作を残した彼が、その一方で老年になって、言葉への不信を語っているのは興味深い。

学ぶとは、人が集い、真摯に言葉を交わすなかで言葉の境域を超え、互いに己れの、そして他者の魂の火花を確かめ合うことだというのだろう。

文字で書き得ないことと、存在しないこととは違う。プラトンは、真理とは何かを伝えることはできないといったのではなかった。それを文字で記すことができない、と語ったにすぎない。彼は、言葉が叡知を「暗示」することは否定しなかった。言葉を終着点とするのではなく、言葉を、「コトバ」の地平への扉にすること、それがプラトンの哲学者としての原点だった。

勾玉と二人の文士

古代日本で用いられた勾玉《まがたま》は、そのほとんどが新潟県糸魚川《いといがわ》市原産の翡翠《ひすい》によって作られている。今日、翡翠が多く発掘される地域一帯は小滝川ヒスイ峡と呼ばれ、天然記念物に指定されている。この地から採取された翡翠は、北海道から九州にまで運ばれたのである。今から半世紀ほど前、私はこの街に生まれた。

近年では、市をあげて翡翠の産地であることを世に喧伝するのに余念がないが、糸魚川から翡翠が発掘されることがはっきりと確認されたのは、一九三八（昭和十三）年ごろだとされており、さらに周知された、という状態となると、戦後まで待たなくてはならない。

それまでもこの地が『古事記』の登場人物奴奈川姫《ぬなかわひめ》——大国主《おおくにぬし》の妻——とゆかりが深いことは知られていた。奴奈川姫は、翡翠——おそらく勾玉——を身につけていたと伝えられていたのだが、あくまでも神話に由来する伝説にすぎない、と信じられていたのである。

翡翠発見の可能性を最初に語ったのは、この地に生まれた文学者相馬御風《ぎょふう》（一八八三〜一九五〇）であるとされる。実際に翡翠の原石を発見したのは伊藤栄蔵で、彼は御風の知人から翡翠をめぐる逸話を聞かされ、その場所を探り当てた、というのである。

御風は、いち早く口語自由詩を提唱した詩人であり、批評家としてもすぐれた業績をもち、ある時期まで文壇の中心で活躍した人物だった。早稲田大学の校歌の作詞者としても知られる。だが、ある出来事——師である島村抱月《ほうげつ》との不和という説もある——を機に突然、故郷糸魚川に居を移す。以後、彼は亡くなるまで、ここを本拠地に据えた。

翡翠の発見者が伊藤であることは間違いない。だが、どこまで御風が関係したかは分からない。当の御風も翡翠をめぐる文章を残しておらず、このことが今日に至ってもなお、翡翠発見に至る謎を深めている。生前から御風は、糸魚川における文化活動の象徴であり、翡翠発見の物語が、御風の名前と共に語られるのもそのためなのかもしれない。

翡翠に関する文章が書かれなかった理由は幾つか推察されている。すでに老境にあった御風の健康状態がすぐれなかったため、あるいは翡翠が採掘される場所がいたずらに広まることを彼がよしとしなかったため、あるいは、そもそも御風と翡翠には特段の関係がなかったためだという説も、もちろんある。

しかし真相はともかく、糸魚川の翡翠発掘の背景には、誰かが、『古事記』の記述を、単なる物語ではなく、現実世界との深いかかわりのなかで読み取ろうとした形跡があることは間違いない。

批評家の小林秀雄（一九〇二～一九八三）は、勾玉を深く愛した。彼は糸魚川のヒスイ峡も訪れている。その愛情は尋常ならざるものだった。しかし、あるときから小林は、勾玉から少し距離を置くようになる。その心境を小林は親友でもあった作家の今《こん》日出海《ひでみ》（一九〇三〜一九八四）との対談（「交友対談」）で語っている。今が「勾玉はもう止めたのか」と尋ねると小林は「うん、あれはね、面倒なものなんだ」と語ったあと、こう言葉を継いだ。

勾玉で一番美しいのは、あの青い翡翠の玉です。勾玉好きには、あれだけが目当てなんだよ。あれだけに狙いをつけて来た日本人の伝統は長いのだ。言うまでもなく、これは〔三種の神器のひとつ〕八尺瓊勾玉《やさかにのまがたま》の伝説に関連しているので、勾玉好きは、そういう感情で玉を愛して来たのだよ。

（『小林秀雄全作品26』）

勾玉は深く愛せば愛するほどに、その由来がなまなましく感じられてくる。勾玉は、人間界と神々の世界をつなぐ扉になる。碧《あお》い、独特の形状をした数センチほどの石は、人が、人のために作ったのではなく、人が神々のちからを借りて、神々にささげるために作り上げたものだというのである。

先の発言と共に小林は、「好き者は密かな愛着を持って言わば裏街道を歩いている」、その気持ちは「自分で持ってみないとなかなか分らぬ感じ」だともいう。ここでの「裏街道」とは、神々の国へとつながる道を知りながら、その秘密を語らないいま生きている者たちの境涯を指すのだろう。

あるときから小林は勾玉に抗しがたい畏怖を感じるようになっていった。同質の気持ちは御風にもあったのかもしれない。彼が口を閉ざしたのはヒスイ峡という場所を守るためであるよりも、翡翠を高価な宝石としか見ようとしない現代人の手から、この石に宿る聖性を守護しようとしたからなのではないだろうか。

幽閉された意味

「読む」とは
本に　幽閉された
意味に解放を
もたらす行為

意味は
書き手によって
記されたときに

誕生し

読まれることによって
育ち　ついには
本の外へと
飛び立っていく

そして　本は
意味を
青藍《せいらん》の時空に
解き放つことによって

世に

ただ一つの
書物へと
姿を変える

本と書物

文章を書くとき、本と書物という言葉を明確に使い分けているわけではないが、改めて考えてみると、まったく異なる手ごたえはある。部屋にところ狭しと積まれたものを前にしても、これは「本」、これは「書物」と区分けできるような感覚なのだ。

きわめて主観的な言葉の定義に違いないが、私の場合、本は書店に並んでいるもので、書物は、その書架から家に持ち帰り、一度なり主体的な関心をもって手にしたもの、という実感がある。

「主体的」であるとは、単に情報の摂取に留まらず、何らかの意味でその人の人生に変化をもたらそうとする意思を指す。本は、人間にふれられることによって書物へと変貌する、といってもよい。

本は、まだ自分との関係がうまく作れていないもの、書物は、何らかの縁がそこにあるのを感じるもの、といえるのかもしれない。

どんなに名作の呼び声が高くても、本に留まっているものもあれば、世間の評価はさほどではないが、かけがえのない書物になっているものもある。

「本」には線も引かれておらず、付箋も付けられていない。しかし、書物には、どこでついたか分からない微かな汚れと共にいくつかの目印が付いている。旅のはじめは「本」に過ぎなかったガイドブックが、旅の終わりには二つとない書物になっている、ということもあるだろう。

そこから情報を得ているだけでは本は、書物にはなれない、という感じもする。ある道路標識を見る。そこから得られる情報は誰にも同じで、むしろ、同じでなくてはならない。だが、たとえば、古い和歌を前に「花」という言葉にふれるとき、そこで広がる衝撃は、けっして一様ではない。

人はいさ心も知らずふるさとは花ぞ昔の香ににほひける
（『新編日本古典文学全集11』）

『古今和歌集』「巻第一　春歌上」巻に収められた紀貫之（八六六～九四五）の歌だ。後年、藤原定家によって選ばれ、『百人一首』にも採られている。

古い和歌を現代語に移し替えるのは、その生命を奪いかねないことを承知で、あえて訳すと、「心は、果して変わることはなかったのか。この古い家に咲く花は、昔と変わらない香りを放ち続けている」というほどの意味になるだろう。

ここでの「人」は、貫之を含む人間一般を指す。その心は、変わらずにいることができるのか、という問いがここにある。「ふるさと」は、故郷であるよりも、かつて訪れたことのある思い出の地と理解した方がよいのだろう。

また「花」は、「梅の花」であるというのが定説だが、そうした常識を踏まえつつ、私たちはもっと自由にこの歌を読んでよい。

特定の「花」に置き換えず、悠久の世界とこの世をつなぐ扉と見ることもできるだろう。そうすると、「昔」は時代的な過去を示す言葉ではなく、「香」は彼方の世界からの風になる。

三月になるとこの歌を想い出す。東日本大震災があった年の桜は、これまでに見たどの桜よりも美しく感じられた。日本において花見はもともと生者と死者がともに行う営みだった。

「花」に導かれたのか、それまでは遠くにある本に過ぎなかった『古今和歌集』は、私にとってかけがえのない「書物」になった。それればかりか、この歌集は、私を和歌という世界にも導いてくれた。

読み手はいつも、本を手にするとき、書物になれ、と小さな期待を胸にしながら手を伸ばす。しかし、そのすべてが願いどおりになるとは限らない。

作品がよく書けているだけでは十分ではない。本が書物に生まれ変わるには、三つの情愛が求められる。一つは書き手のそれ、二つ目には書肆《しょし》のそれ、そして三つ目は読み手のこころから自ずと生じてくるそれである。

読み手と同様に書き手もまた、ペンを進めながら、書物になれと無言の願いを抱く。そして、自らと読み手をたしかにつないでくれる協同者を探すのである。

書かれた言葉は、読まれることによっていのちを帯びる。そして、その言葉を種とした言葉が、読み手によって語られたとき、新たな生命として新生するのである。

種まく人

発せられた声は、聴かれることによって意味になる。受け取る者が、他者でもなく、たとえ自分であってもよい。同質の理法は、文字にもある。書かれた言葉はつねに、読まれることによって結実する。

詩歌はもともと、書き記されたものではなかった。声にして謳《うた》われた。誰も居ないところで、行き先も定かではない姿をして世に生み出されたのである。人が歌を詠む、というよりも歌が人間を貫く。詩を作るというよりも、詩が人間を用いるといった方が現実に近い、そう語る人は少なからずいる。

もしも、これらのことが事実であるとしたなら、音楽、あるいは文学はどこにあるのだろうか。文学とは、もちろん書かれた文字、印刷された文字を示す言葉ではなくなる。それは、書き手と読み手のあいだに生起する、二度と繰り返すことのない出来事にほかならない。文学は、書物のなかにあるのでもなければ、書斎にあるのでもない。文学の現場とは、書き手の言葉が何者かによって受け取られたとき、その瞬間である。

言葉の受け取り手は、必ずしも生きている者たちとは限らない。そこには亡き者たちも含まれる。詩人アルチュール・ランボー（一八五四〜一八九一）にとって詩作とは、彼方の世界から言葉を持ち帰ることであり、詩人であるとは、私たちが現実世界と呼ぶものの奥にもう一つの世界をかいま見ることだった。詩人は「見者」でなくてはならない、そう彼は友への手紙に書いている。

また、詩人であり画家でもあったウィリアム・ブレイク（一七五七〜一八二七）は、天使にむかって詩作し、絵を画《か》いた。ブレイクは天使によって読まれ、眺められているという実感を強く抱いていた。

あるとき、ブレイクは自分の創作と死者をめぐって次のような言葉を残している。

「私は死んだ多くの友達が、生前吾々《われわれ》の肉身に親しく現はれた時よりも更に真実なものになつてゐる事を知つてゐる」と書き、こう続けた。

十三年前私は一人の弟を失くした。然《しか》し彼の精霊と霊界に於《おい》て日夜話してゐる。私は彼と追憶のうちに又想像の世界に於て逢つてゐる。私は彼の忠告を聞き彼が命ずるまゝに書く事さへある。私の是等《これら》の感激に就《つい》て貴方に書く事を許してほしい。私はそれに入る事を欲し又私にとつてはそれが此世《このよ》に於ての永遠な喜びの泉になつてゐる。私はそれによつて又多くの天使を友としてゐる。貴方も亦之《またこれ》を常に感じ且《か》つ肉体の損失が不死の獲得である事を一層信じて被下《くださ》るだろうか。時間の破壊は永遠界に宮殿を建てる。

(『ヰリアム・ブレーク』『柳宗悦全集著作篇第四巻』)

ここに記されているのがブレイクにとっての現場だった。彼は言葉をつむぐとき、生者だけでなく、死者たちにも誠実を尽くそうとした。彼の実感からいえば逆で、死者への誠実がそのまま生者へのそれへと変転しているのだろう。彼の読者は、弟だけではなかった。彼にとって文学とは、時代や文化の差異を超え、無数の人々によって持続的に行われる営みにほかならなかったのである。

容易に
消えることのない
何かを
書き記したいと願うなら

どうしても

言葉を　心の底で
受けとってくれる人を
探さねばならない

それはしばしば
立ち昇る
炎のような
姿をしていることもある

何を　書くかではなく
誰に向かって　書くのかを
真剣に
考えなくてはならない

たとえ相手が　もう
この世の住人ではなかったとしても
言葉なら
贈ることができるから

文学の現場は私たちの日常のさまざまな場所に点在している。むしろ、遍《あまね》くところにあるので、遍在しているというべきなのかもしれない。

ここでの「文学」は単に、小説や詩、批評といった狭義の様式を指すのではなく、人間の内なる生命を言葉によって示そうとする営みそのものを指す。

独語、対話、告白、宣言、あるいは祈禱《きとう》といった場面でも、真摯《しんし》に発せられる言葉はすべて「文学」と呼ぶに値する。

忘れまい、と思って書いた言葉は、思いとは逆に忘れてしまう。だが、書いた本人の眼にすら映らない、人生の書き込みのような場所にこそ、真の意味における文学者が拾い上げなくてはならない何かが、眠っている。文学を生きていない者など存在しない。人が生きているところ、そこに文学がある。人は誰もが、世界という大地に文学の種をまく人なのである。

武《もの》士《のふ》の心

「おもう」という営みは、私たちが日ごろ感じているよりもずっと複雑な構造をしている。ひらがなには多種多様なものを包むはたらきがある。一方、漢字はあるはたらきを際立たせる。「おもう」という動詞に漢字を当ててみれば、その多様さに驚くことになるだろう。

「思」「想」「憶」「懐」「顧」「忖」「恋」「惟」「念」、これらがすべて「おもう」を意味する。

時間的にいえば過去、現在、未来にわたり、意識界、無意識界の両界を貫き、相手の心を忖度《そんたく》するところから祈念までを貫く行為が「おもう」の一語に包含されているのである。

どうして「おもい」を正確に表現することなどできるだろう。さらにいえば、人は自分が何を「おもって」いるのかを知らない。人は話すときも書くときも、言葉を自由に扱っているように感じていても現実は必ずしもそうではない。だからこそ、私たちは不用意に人を傷つけることもあれば、闇に光をもたらすような一語を不意に発することもある。

問われて答えたのではなかった
そのことばは涙のように
私からこぼれた

辞書から択んだのではなかった
そのことばは笑いのように

私からはじけた

知らせるためではなかった
呼ぶためではなかった
歌うためでもなかった

ほんとうにこの私だったろうか
それをあなたに云ったのは
あの秋の道で
思いがけなく　ただ一度
もうとりかえすすべもなく

(『谷川俊太郎詩選集1』)

「ことば」と題する谷川俊太郎の作品だが、これほど平易な表現で言葉と心の関係を歌い上げた詩をほかに知らない。

涙は、悲しみのときだけなく、深い感動、歓喜のときも湧き上がる。言葉はときに意識の壁を乗り越えて世に現れる。同じ涙が存在しないように、人は同じ言葉を二度口にすることはできない。同じなのは表記だけで、意味も響きも律動も二度と繰り返すことはできない。すべての言葉が「もうとりかえすすべもな」いものであることを人はどれほど感じ得ているだろうか。自分が発した言葉だけでなく、自分が受け取る言葉もまた、厳密な意味で繰り返されることはないのである。

詩とは、消えゆくことを宿命とした言葉を彼方の世界からこの世界に引き戻そうとする試みにほかならない。それを読む者は、記された言葉の意味を理解するだけでなく、それらの言葉が生まれた場所に本能的な郷愁を覚える。このとき言葉は人を永遠界へと導くものになる。別な言い方をすれば、永遠とのつながりを真に求めるとき、人は誰しも内なる詩人を呼び起こすことができる。詩は、世に詩人と呼ばれている人だけの営みではないのである。

辞書に記載されている意味は、私たちが社会生活を送る上で不自由がない程度の妥当性をもったものに過ぎず、個々の人生に裏打ちされたものとは姿を異にする。

どの言葉にも複数の層がある。誰が見ても近似したものを感じる記号としての層の奥には、その人だけが感じる実存の層があり、さらにその奥には個々の実存的体験を包み込むような象徴の層がある。詩人とは、記号としての言葉を、実存的経験を媒介にしながら象徴へと新生させる者たちの呼び名だと考えてよい。

ここでは、実存の言葉と象徴の言葉を「コトバ」とカタカナで記すことにする。コトバは、必ずしも言語の姿を取るとは限らない。言葉の奥には言語になる以前のコトバがうごめいている。難しいことではない。恋する者の心を想起すればよい。恋慕の情はたしかに烈しく存在しているが、それは容易に言葉にならない。

美しいものにふれたとき、極度の悲しみを経験するときなども私たちはコトバの存在をありありと感じている。コトバは、言葉を超えて出現するうごめく意味、生ける意味そのものだといってよい。

日ごろ、私たちはさまざまなところで意味を感じ、確かめている。書物からだけでなく、絵画や音楽、彫刻、舞踏などの芸術からも意味を感じとる。芸術家たちは、本能的に言語の限界を感じ、それを積極的に捉えなおすことでコトバとして表現し、作品にふれる者を意味の深みへと導こうとする。

画家にとっては、色彩と線がコトバであり、音楽家にとっては旋律と沈黙、あるいは響きがコトバとなる。彫刻家とは、かたちをコトバとして用いることができる者の呼び名であり、舞踏家とは、舞いというコトバを自由にする者の呼称である。

コトバは、知性や理性だけでなく、人の感性、さらには霊性にも訴える。だからこそ、あらゆる宗教は、聖典という言語表現と共に、儀礼、建築、絵画などの非言語表現によってその真髄を伝えようとする。

仏教には仏典だけでなく、寺院と仏画、仏像があり、偶像崇拝を禁じるイスラームでは、物によってでなく、色彩とかたちによって包まれたモスクという空間が高次の霊性の表現になっている。キリスト教で、聖像を拒み、聖書に重きをおいたプロテスタントも宗教画と教会音楽は否定しなかった。

宗教的世界では、さまざまなものがコトバとなり、見る者を象徴の世界へと導く。こうしたコトバの表現をめぐって、柳宗悦が興味深い記述を残している。

今日柳は、民藝運動の中核的な人物として語られることが多いが、同時に傑出した宗教哲学者でもあった。むしろ柳にとって民藝運動は、終始、宗教哲学者としての実践だった。

中世ヨーロッパのキリスト教芸術をめぐって柳は、「中世の藝術は何事よりも先ず一個の聖典であった。そうして凡ての藝術家はその聖句を学ばねばならない」と述べたあと、こう続けている。

> 例えば聖像の頭の背後にある円輪は清浄を表示し、十字架に附けられた円光は神性の徴《しるし》である。之は三位一体を表わす時には必ず用いられる。

又聖体の周囲から流れ出る白光は永遠の歓喜を告げるのである。

（「中世紀の藝術〔ゴシックの藝術〕」『柳宗悦コレクション2　もの』）


聖なるものを描き出した絵画、彫刻は、姿を変えた「聖典」だと柳はいう。中世の時代、多くの人は文字を読むことができなかった。だが、その分、人々はさまざまなところにコトバを読み、その認識を深めた。聖像の円輪を凝視する者は、清浄の神学をコトバによって理解する。円光のコトバを読み取る者は、そこに神性の秘義を、白光は見る者に永《とこし》えの歓喜を告げ知らせる、というのである。

文字を理解しないはずの中世の信徒たちの霊性が、神学を理解する現代人には、とうてい近づくことのできない純潔を保っているのも、彼らがコトバによって自らの信仰生活を律することができたからだろう。

日本の中世期においてもコトバをめぐる革命的な出来事が起こった。『古今和歌集』の出現である。この和歌集がもたらした影響は、現代の私たちが感じているよりも深く大きい。『古今和歌集』の出現によって日本人は、四季を感じ分けるようになった。『古今和歌集』の撰者たちは、集めた歌をまず、春夏秋冬によって分類した。花を詠った春の歌、蛙を歌った夏の歌、秋には月、冬には雪をというように、主題を季節とつなぎ合わせたのである。

「仮名序」は、日本で最初期に書かれた歌論であるとともに、散文の形式をとって記されたコトバの形而上学でもあった。作者は紀貫之である。この人物は、歌人としても優れていたが、今日でいう詩人哲学者だった。その精神の伝統は『新古今和歌集』の藤原俊成、定家親子にも引き継がれている。『古今和歌集』「仮名序」の最初にはこう記されている。

やまとうたは、人の心を種《たね》として、万《よろづ》の言《こと》の葉《は》とぞなれりける。世の中にある人、ことわざ繁《しげ》きものなれば、心に思ふことを、見るもの聞くものにつけて、言ひ出《いだ》せるなり。花に鳴く鶯《うぐひす》、水に住む蛙《かはず》の声《こゑ》を聞けば、生きとし生けるもの、いづれか歌をよまざりける。力をも入《い》れずして天《あめ》地《つち》を動かし、目に見えぬ鬼神《おにがみ》をもあはれと思はせ、男女《をとこをんな》のなかをも和《やは》らげ、猛き武士《もののふ》の心をも慰むるは歌なり。

（『古今和歌集』『新編日本古典文学全集四』）

和歌は、人の心を種として、無数の「言の葉」となる。人々の営みは、葉が生い繁るように一瞬たりとも止むことがない。貫之が、発言や執筆といった言語にまつわる行為だけでなく、あらゆる行為をコトバとして認識しているのは注目してよい。人間だけでなく、花に鳴く鶯、田で鳴く蛙、生きるものすべてが「歌」を詠む。それればかりか歌は、腕力を用いずして、天地を動かし、不可視な神々の心をもふるわせ、男と女の仲を睦《むつ》ませ、戦いにはやる武士の心をも鎮める、という。貫之にとって和歌の本体をなしているものは言葉ではなくコトバであるのは疑いがない。

言葉をめぐる営みにはいつも言語だけでなく、コトバが随伴している。読むと書くはもちろん、話す、聞く、あるいは黙るという営為においても私たちは言語の奥にコトバのはたらきを感じ、生きている。現代に生きる私たちは、言語の読み方があまりに巧みになったために、不可視なコトバの感じ方を忘れてしまったのかもしれないのである。

人間の心のなかに悲しみがあるのではない。悲しみ、嘆きのなかで人は生きている、とこの詩人はいう。真実はしばしば、言葉とは異なる姿をして、世に存在している。詩人は、個の思いを言葉にする表現者である前に、何者かから言葉を託される預言者でなくてはならない。

言葉にならない呻《うめ》きのなかに秘められた意味を見出すこと、それが詩人の使命だというだけではない。詩人は声にならない呻き、見過ごされる悲嘆から離れた場所にいることは許されていないというのである。

歌の源泉

古《いにしえ》の時代から、語り得ない想いに満たされたとき人は、詩情に満ちた言葉を紡ぎ出してきた。古人はそれを、「歌」と呼んだ。書かれた文字が飛翔し、無音の「声」となって彼方の世界にまで届くことを願ったのである。

今日では作歌、あるいは詩作というが鎌倉時代初期、『新古今和歌集』（一二一〇年）の時代まで歌は、人間が作り出すものではないと信じられていた。

大和歌は、昔天地《あめつち》開けはじめて、人のしわざいまだ定まらざりし時、葦原中国《なかつくに》の言の葉として、稲田姫素鵝《すが》の里よりぞ伝はれりける。

和歌は、天地が開けたばかりのとき、人間による営みがまだ十分に行われていないころに、稲田姫の素鵝の里から、彼方の国からの言葉として伝えられた。稲田姫はのちに素戔嗚尊《すさのおのみこと》の妻となる女性である。「素鵝の里」は出雲の国の異名である。出雲は、人間界と神々の国の境目であると考えられていた。素戔嗚尊が天界からやってきたように、言葉もまた、異郷からもたらされたものだと昔の人は感じていた。

古代はもちろん、鎌倉時代においても歌を詠むことは、神々との関係をとり結ぶ行為だった。先の一節には、次の言葉が続く。

その流れ今に絶ゆることなくして、色に耽り心を述ぶるなかだちとし、
世を治め民を和らぐる道とせり。

神代の時代から続く伝統の流れは、今も絶えることなく続いている。和歌は「色」すなわち愛する者同士の心を結びつけ、荒ぶる世を治め、人心のすさみを癒しもする、というのである。

「色」という文字は、もともと人間の情愛の交わりを示す言葉だった。だから、色恋という言葉もあり、好色、色事という表現も、現代人が考えているような、単なる性愛にまつわる事柄に終わるものでもない。むかしの人は、色によって自らの気持ちを伝えた。歌に詠む植物の色には語られざる意味が込められていた。

日本古典文学における「色」のはたらきが論じられ始めたのは、けっして古いことではない。そこに大きな道を切り開いたのは伊原昭《あき》（一九一七〜二〇一八）である。彼女は、「色」という文字の起源にふれ、次のように書いている。

「色」は、「人　卩」の合字で、男女の情愛の形態を象《かたど》った文字であり、この原義から種々の語意が派生し、いろどりをも指すようになったといわれる。
このように、色が、もとは人間の根元の形を示したものであることからも、どれほど、人間にとって重要であるかがわかるようである。

（『色へのことばをのこしたい』）

感情、情感、情熱と言葉を重ねていくと判然とするが、「情」は、「こころ」にほかならない。現代人はすでに「情」に「こころ」とルビを打たないが、江戸時代の国学者本居宣長（一七三〇〜一八〇一）の著作を読むと「情」には「ココロ」という読みが当てられている。

情愛とは、文字通り、こころに秘められた愛であり、それはときに言葉にならない祈りに限りなく近しい何かでもあった。「情」は形もなく、目に見えず、手でふれることもできない。しかし、それは確かに存在している。

相手がこの世にあるときだけでなく、亡き者となってからもなお、心と心は通い合う。それが、古人たちの実感だった。

中世の人々は、想いに色を折り重ねただけでなく、「時」と色との関係を深めてきた。春夏秋冬の四季には個々の色があり、一月から十二月までそれぞれの月と固有の色を結びつけた。

季節が訪れると人は、その色目に染めた衣を身にまとい、また、その色に染めた紙で手紙を書いた。伊原は『平安朝の文学と色彩』と題する著作で、当時の人々が季節に合わせた衣もまとい、わが身と世界を共振させようとした様子を描いている。

初春に紅梅が咲けば、「紅梅」のかさねの色目を着、その色の料紙を使って手紙を書く。秋になって葉が朽ちておちると、その色に似た「朽葉」の色目をというように、春に萌え、秋に朽ちたり色づいたりする木々の葉や、春や夏や時々に咲き匂う花々の色どりをまねてつくった色目を、その時節にあわせて使うのである。

古人は、自然に現れる色を世界からの呼びかけのように感じている。梅の花、桜の花、新緑の緑はどれも、言葉を語らない自然からの便りのようなものだというのだろう。人はそれに合わせ衣を着て、それに応えた。ここにあるのは単なる装飾ではない。語らざるものとの対話である。

それをあえて言葉の次元において行ったのが歌人たちだった。歌を詠む者は、言葉にならないおもいを自然から受け取り、言葉になり切らないおもいを色に潜ませた。伊原は、先に見た著作で、次の和歌を引きながら、色と心情がふれ合う時空があると論じている。

さくら色に衣はふかくそめてきん花のちりなん後のかたみに

（紀有朋『古今和歌集』巻第一　春歌上　六六）

衣は、桜色に深く染めたものを身に付けよう、散ったあとも、色のはたらきを、わが心に注ぎ続けるために、というのである。肉体が水を求めるように、心は、さらにはその底にある魂と呼ばれる場所は、色というもう一つの「水」を求める。内面に荒《すさ》みを感じるとき、私たちが自然を求めるのは、ほとんど本能に近い衝動なのだろう。伊原は、もう一つ、色をめぐる和歌を引いている。

さけどちる花はかひなし桜色にころもそめきて春はすぐさむ

（『和泉式部集』一〇一七）

桜はいつか散ってしまう。それを止めることなどできない。せめて桜色に染めた着物を身に付け、日々を過ごそう、というのである。

これほどまでに色を渇望しなくてはならない、ある種の渇きが歌人たちにはある。それは自然への情愛だともいえるが、ここにあるのは、恋する異性を求めるような強靭な吸引のちからでもある。

愛する者が傍《かたわ》らに存在することを願うように、古人は、色を求めずにはいられなかった。中世の歌人にとって「花」は、しばしば亡き者の象徴として詠われた。

これらの歌も単に桜の季節のおもいを詠んだものではないだろう。そこには、桜が散るように自らのもとを去っていった者たちへの、悲愛の心情が込められているように思われる。

沈黙の秘義

語られた言説だけを信用してはならない。また、書き記された言葉だけを信用してもいけない。そこには本当に起こったことの断片しか述べられていないからだ。

年を経るごとに、そうした思いを強く抱くようになった。人の言葉を聞くときも、読むときも、そこに現れ出ない何かを感じようとつとめるようになった。幾つかの書物を送りだし、人前で話す機会を重ねるたびに、書こうとしたこと、語ろうとしたことの核心は、どうしても言葉にならないという思いを深めるようになっている。

誰もが、真に語りたいことを語り得ず、また、書き記したいと願うことのすべてを書き得ないまま逝くのではないだろうか。また、人が言葉を語るのは、言葉によって何かを語ろうとするだけでなく、言葉によって言葉たり得ないものを伝えようとしているのではないだろうか。さらにいえば、言葉を扉にして、言葉の奥にある「コトバ」の世界からの風を招き入れようとしているのではないだろうか。

フランスの作家マルグリット・ユルスナール（一九〇三～一九八七）の『ハドリアヌス帝の回想』には、次のような一節がある。訳者は須賀敦子である。この一節は彼女の『ユルスナールの靴』に引用されている。

ここに書いたことはすべて、書かなかったことによって歪曲されているのを、忘れてはいけない。この覚え書は、欠落の周辺を掘り起しているにすぎないのだから。あの困難の日々、わたしがなにをしていたか、あのころ考えたこと、仕事、身をこがす不安、よろこびについて、あるいは外部の出来事から受けた深い影響、現実という試金石にかけられたじぶんにふりかかる終わることない試練などについても、わたしはまったく触れていない。たとえば病気について、またそれと必然的に繋がる、人には話さない経験についても、その間ずっと絶えなかった愛の存在と追求についても、わたしは沈黙をまもっている

言葉として表現されたことによって、語られざるおもいがゆがめられることがある。また、自らの生で起こったもっとも根源的なことは、いっこうに言葉になろうとせずに心の奥深いところでうごめいている。むしろ、あらゆる言葉は、語られなかったことによって支えられている、というのである。さらにいえば、真の意味で語るとは、表しがたいことを言葉とは別な姿で、この世に浮かび上がらせようとする営みだといえるのかもしれない。

だから私たちは、もっとも伝えたいことを胸に秘めたとき、しばしば言葉を発するのをやめ、沈黙のちからを借りる。真に文学者と呼ぶに値する人は、いわば言葉の世界と沈黙のコトバの世界を橋渡しする者であるようにも感じる。

だが、いつからか日本の現代文学は、思いの表現に力を注ぐようになってきた。思いを表現する技巧を磨いてきた。思いではとらえきれないもの、「想い」や「念い」でなくては把捉できないものから距離を持つようになった。沈黙の眷属《けんぞく》だった詩歌の世界でさえも、沈黙の意味が顧みられないようになっているように映る。詩歌が新生しなくてはならない。古人たちが詩に言葉にならない祈りを籠めたように、詩を単なる自己表現の形式から解放しなくてはならない。そう感じている詩人は以前からもいた。「現代詩とは何か」と題する作品で鮎川信夫(一九二〇～一九八六)はこう書いている。

見えざるものが可視的なものとなり物質的感覚を以て迫る時始めて詩は生きてくる。それは見えざるものの証明である。そしてわれわれは対立し相剋する政治的社会的不安の根本には、如何なる隠れた力が作用しているかを暴き出さねばならぬ。

（『さよなら鮎川信夫』）

詩は、隠されたものに光をあて、人々のこころに潜む力を呼びさます。外面的な世界だけでなく、こころの世界を蝕《むしば》むものと戦う力を喚起させる、と鮎川は信じている。それまでどんなに大きな力によっても動じなかったものでも、言葉は、それを動かすことができる。むしろ、言葉だけがそれを実現できる。

さらに詩は、不可視なものの実在を証明する。それは個人の内面の出来事だけでなく、世の政治的な事象にも訴える働きを持つ。隠蔽《いんぺい》されたものを暴き、人々のうちに潜む力を呼びさます。外面的な事象だけでなく、内面に巣食うものと戦う力を喚起させる、というのである。

この一文が書かれたのは一九五一年、六十五年の歳月が経過している。鮎川の言葉は古くなるどころか、いっそう鋭く時代に突き刺さる。だが、読まれるべき言葉が深いところに隠れているのが、昏迷の原因なのかもしれない。先の一節に鮎川は、次のような言葉を継いでいる。

詩人は好むと好まざるとにかかわらず、予言者の役目の幾分かを負わざるを得ない。詩人は世の呻きと悲しみと嘆きとの外に出ることは出来ない。

この一文を書いた時代は、「予言者」と「預言者」は、あまり明確に区別されずに用いられていることも多かった。だが、厳密には「予言者」は、未来を予知する者で、「預言者」は、未来を予知することもあるが、第一に人間を超えた者から言葉を預かる存在である。他者の「呻きと悲しみと嘆き」を受け取るのは「予言者」の役割ではない。だが、それは「預言者」の重大な使命である。

詩人は、好むと好まざると、何者かから「預言者」の任を託されることがある。自己の内心の表現に詩を使い果たしてはならない、そう鮎川は、同時代の、そして未来の詩人たちに警告するのである。

すこしのかなしさ

別れは、出会いの伴侶である。出会いだけが、別れをもたらし得る。別れという悲痛の経験は、真に出会うことがなければありえず、真に愛することがなければ、けっして起こらない。別れは、誰かとたしかにめぐりあい、その者との間に情愛を生み得た証しにほかならない。宮澤賢治は、悲しみと幸福の不可分の関係を、次のように謳いあげたことがある。

すこしのかなしさ
けれどもこれはいつたいなんといふいゝことだ

大きな帽子をかぶり
ちぎれた繻子のマントを着て
薬師火口の外輪山の
しづかな月明を行くといふのは

(「東岩手火山」『宮沢賢治全集1』)

妹の病と死を契機に、賢治は活動の拠点を東京から故郷岩手の花巻に移した。この詩は妹の死をまぢかにしたときに謳われた。人は、別れの意味を「かなしみ」によって確かめる。ここでは「すこしのかなしさ」と述べられているが、それを文字通り、わずかな悲しさだと思ってはならないのだろう。私たちが、耐えがたい苦しみのなかにありながらも、少し苦しい、と友に語るときの「すこし」と同じである。それは強く胸に痛みを覚えるが、どうにか生きていられるほどの熾烈《しれつ》な悲しみを指す。

また、「月明」は、物理的な月光を意味しているだけではないだろう。古くから

「月」は、内なる光の源として詠われてきた。悲しみこそが人生という暗い道を照らす光であるともいうのである。耐えがたい悲しみが、日常の深みに潜んでいる、生きる意味を照らし出す、と賢治は感じている。

人生には、悲しみの扉の向こうにしか見ることのできない何かがある。悲しみの経験は未知なる自己との遭遇の経験であり、喪った者との新たな邂逅の出来事でもある。

妹が亡くなったあとの賢治は、じつに実践的な境涯に生きた。彼を机上の人として理解すると大きなものを見過ごすことになる。彼が試みたのは農民生活の刷新だった。農耕技術の革新から農業生活に根差した「農民芸術」と呼ぶものの樹立に情熱を注いだ。科学と芸術は相反の関係にあるのではない。それを貫くものをつかまなくてはならない。その実現のためにもっとも適した営みが農業だと賢治は考えた。そうした彼の宣言《マニフェスト》のような作品「農民芸術概論綱要」の「農民芸術の本質」は次のように始まる。「……われらはいっしょにこれから何を論ずるか……」と記された後、次のような言葉が続く。

おれたちはみな農民である　ずゐぶん忙がしく仕事もつらい
もっと明るく生き生きと生活をする道を見付けたい
われらの古い師父たちの中にはさういふ人も応々あった
近代科学の実証と求道者たちの実験とわれらの直観の一致に於て論じたい
世界がぜんたい幸福にならないうちは個人の幸福はあり得ない
自我の意識は個人から集団社会宇宙と次第に進化する
この方向は古い聖者の踏みまた教へた道ではないか
新たな時代は世界が一の意識になり生物となる方向にある
正しく強く生きるとは銀河系を自らの中に意識してこれに応じて行くことである

われらは世界のまことの幸福を索ねよう　求道すでに道である

（『宮沢賢治全集10』）

人間の進化は、個となり分かれるのではなく、個でありながらつながり合う方向に進む。あるいは、そうならなければ進化ではない。賢治にとって個の幸福は、世界の幸福が生起するなかにのみ生まれ得る。

だが、これまで全世界が幸福で満たされた瞬間などない。不幸は必ずどこかにある。だから、いつも不幸そうな顔をしていろ、というのではない。ここで賢治が問うのは、幸福の探求はつねに未完の出来事であり続ける、ということなのだろう。幸福を感じる。それは、その幸福を他者と共有できるものに育て上げよという人生からの合図だというのである。

人は誰も、個で完結するように存在していない。意識するか否かにかかわらず、人は誰も他者とのつながりのなかに生きている。仏教ではそうした世界のありようを

「縁起」と呼んだ。日蓮の教えに深く共鳴していた賢治の文学は、仏教との邂逅なくしてはあり得なかった。

幸福もまた、個においてではなく、「縁起」の出来事として起こらなくてはならないと彼は信じている。彼は、自身の創作活動は法華経の教えの深遠を描き出すという意味で、「法華文学」の誕生に寄与するものだと考えていた。それは法華経が説く、真の幸せを他者と共に探求しようとする営みだったといってもよい。

一九三三年、賢治は病に斃《たお》れる。彼の早すぎる死のため、「農民芸術」運動は十分に開花することはなかった。

世に画家と呼ばれる者だけが絵を画《か》くのではない、絵を画くことが、その人の魂の告白となる者を画家と呼ぶのだろう。詩人と呼ばれる者だけが詩を書くのではない。詩をつむぐことを何ものかに託された者が詩人なのである。

私たちは誰も、内なる詩人を呼び覚ますことができる。悲しみを謳い、それを愛しみや美しみに変貌させることができる。苦しみを謳うことで、のちにやってくる苦しむ人を孤立から救い出すことができる。

賢治の詩を読むのもよい。だが、読むだけでなく、詩を書き得ることも忘れてはならない。むかし、人は和歌を贈られたら、和歌で言葉を返した。現代に生きる私たちもまた、詩の姿をしてやってきた「手紙」には、詩を書いて応えるのがよい。このとき言葉は、生者と死者の敷居を軽々と超える。

赤い鼓動

ほかの人でも書きそうな
文字を連ねて　おまえは
いったい誰に　何を
届けようというのか

うまくなくてよい
赤い鼓動が　刻む
拙い文章を記せば

それでよい

用い慣れ
親しんでいる
平易な語りの
ちからを借りよ

言葉は　おのずから
翼を　広げ
行くべきところへと
飛翔するだろう

生と

死の
境《さかい》を超えた
場所までも

ミレーの「種まく人」——あとがきに代えて

題名をつけるのは難しい。本でなくても、一篇の詩、エッセイでも簡単にいっためしがない。試行錯誤し、努力を重ねればよい題名が浮かんでくる、というわけでもない。決めるというよりも、決まるという方が現実に近い。

タイトルは絵画の額のようなものだ。まず絵を画《か》かなければ、どの額がふさわしいのかも分からない。しかし、文章の場合、少し厄介なのは、仮であってもタイトルがないと筆が進まないことも少なくない、ということである。

そんなときは、どこかで消えることを承知で仮の題名を書き入れる。当然ながら座りが悪い。だが、そうしたいくつかの困難を経つつ、書き進めていると、どこからともなくふさわしい言葉が浮かび上がってくる。あの静かな感動は、何度味わっても新鮮だ。『種まく人』という書名もそうだった。

フランスの風景画の父、フランソワ・ミレーの代表作に同名の作品がある。「種まく人」という言葉が想起されたのは、私のミレーへの傾倒が底にあるに違いないのだが、そのおもいをより強固にしてくれたのは、彫刻家荻原碌山（一八七九〜一九一〇）だった。

郷里の町から車で一時間半ほどのところに碌山のほとんどの作品を展示している碌山美術館がある。この場所を初めて訪れたのがいつだったかは、精確には思い出せないが、彫刻というものに打たれた、初めての場所だったのは間違いない。

彼は三十歳で亡くなるのだが、若くしてフランスにわたって、ロダンに学び、その経験を日本に持ち帰った近代日本彫刻の祖というべき人物でもある。彼は文章にも秀でていた。だが、書物を出すことのないまま逝った。遺稿集『彫刻眞髓』で彼はミレーの絵画をめぐって次のように書いている。

「文芸復興以後になつては、十七、八の両世紀とも、欧州には世界に誇るべき作家は一人も起らなかった。十九世紀になつてフランスにミレーが生れた。彼は人の知る如く農夫に関する画ばかり画いたが、彼の画いた農夫は皆一種の説教である」。ルネサンス以降、ヨーロッパにおいて、その国、その文化を象徴するような画家は、ミレーの登場を待たねばならなかった。彼は画家だが、その作品にふれた者はまるで、無音のコトバで説教を受けたような感動を覚えた、というのである。

人は、毎週末、秘跡と説教を受けに教会に行く。ある人々にとってミレーの作品を見るとは、聖なるものの前に立つことにほかならなかった。先の一節に碌山はこう続けている。

木を一本画いたのもホンノ一寸したスケッチも、悉《ことごと》く詩であり説教である。これは彼が故更に説教をさせやうと思つて画いたのではない。彼は小供の時から極めて宗教に熱心な祖母から強い感化を受けたからで、パリーに居つた時、感ずる所があつてバルビゾンの野に退いたのであるが、彼は説教するつもりでも何でもないが、彼の人格其のものが画に現はれると自らさうなるのである。

この画家にとっては、人間もまた「風景」の一要素だった。ミレーは、特定の個人の姿を描こうとしたのではない。「種まく人」で描き出そうとしたのは、種をまくという原初的な労働の意味と、その行為に潜む美である。懸命に働く人間の姿ほど美しい「風景」はない、というのがミレーの原経験だった。

画家は言葉を用いない。しかし、画家も何らかの「意味」を表現しようとして絵筆を執る。優れた画家が表現する意味は、当然、言葉の領域を超えている。あえていえば、言葉の領域を超えたところに己れの表現するべきものを見出せる者こそ、真に画家と呼ぶにふさわしい存在なのだろう。

ミレーが絵によって「説教」をした、といっても、高い所から人々にむかって何事かを語ろうとした、というわけではない。彼は絵によって、文字の読めない人にも、この世の摂理とは何かを伝えようとしたのだった。言葉にならない思いを抱えて生きる民衆の心に、ミレーは、色と線、そして構図というもう一つの「コトバ」によって、あなたはけっしてひとりではない、そう静かに呼びかけるのである。

『種まく人』という書名に籠めたのも同質のおもいだった。日ごろ本を手に取らない人にも、どうにかして言葉を届けたい。こうした願いは、最初の本を世に送り出したときからあった。

本を通じて、あまり本を読まない人に言葉を届ける。ここには容易に越えがたい壁があるのは承知している。だが、道がないわけではない。

わたしが
書く詩なんて
あなたは　きっと

読んでくれない

だから
たくさん書いて
いろんなひとに
読んでもらって

言葉を
青い風に
乗せなくては
いけない

こんな詩もある　と

誰かの口を通じて
あなたのもとに
届くように

そうすれば
いつの日か
あなただけが
わかる

見えない文字で
記された
秘密の暗号を　必ず
読み解いてくれる

そう
こころから信じて
ペンを
握りしめている

届けたいと願っているのは言葉であって、必ずしも文章ではない。文章を愛してくれる読者のちからを借りて、言葉に飢え、あるいは渇いている人に言葉を運ぶこと、それが、書き手の出発点であり、終着点である、と私は思う。

この本で引用した言葉、そして書き手を通じて現われる語らざる者たちの声が、誰かひとりにでも、こころで受けとめられたなら、本書が世にもたらされる充分な理由になる。

本は、編集者、校正者、装丁家、営業担当者、さらには書店の人々の手を通じて読者のもとへ届けられるのだが、書物を生むという仕事には、どこまでいっても「慣れ」というものはないのかもしれない。本書をめぐる経験も新鮮だった。新しい発見だけでなく、ほのかな未来への光を感じることもできた。

今回は、三人の書店員の方に帯文をいただいた。この場を借りて深く御礼申し上げます。スーパーブックスあおい書店春日店・森カンナさん、本の店英進堂・諸橋武司さん、ブックスキューブリック箱崎店・見月香織さんの真摯な言葉に支えられ、この本を完成できたことを心から光栄に思っている。

『言葉の贈り物』、『言葉の羅針盤』に続いて編集は内藤寛さん、校正は牟田都子さん、装丁は坂川栄治さん、鳴田小夜子さんに担当していただいた。装画は、はじめて杉山巧さんの作品を使わせていただくことになった。

すでに一つのチームとなりつつあるのだが、それゆえによい緊張感が深まっている。こうした仲間に出会えることは仕事の醍醐味であり、喜びでもある。よき同志にも大きな感謝を送りたい。
今回も、薬草を商う会社の同僚たちにさまざまな助力をもらった。私にとっての書くという現場は、同僚たちの見えないちからに守られている。人は誰も、自分の気がつかないところの多くのちからに支えられ、存在している。会社の同僚をはじめとしたさまざまな協同者にも深謝をささげつつ、本書を世に送り出したいと思う。

二〇一八年八月二日　猛暑の東京にて

若松　英輔

初出一覧

- 言葉の燈火　「かまくら春秋」かまくら春秋社　二〇一八年五月号
- 伴走者　「東京人」都市出版　二〇一八年二月号
- 独語の効用　亜紀書房ウェブマガジン「あき地」
- 「私」への手紙　亜紀書房ウェブマガジン「あき地」
- 抱擁する詩人　亜紀書房ウェブマガジン「あき地」
- 燃える言葉　「詩人茨木のり子の会」会報二十八号　二〇一七年十二月
- 賢者の生涯　亜紀書房ウェブマガジン「あき地」
- 音楽の慰め　「こころ」三十九号 平凡社　二〇一七年十月
- それぞれのかなしみ　「日本経済新聞」二〇一七年三月十二日
- かなしみのちから　「人間学紀要」上智人間学会　第四十七号　二〇一八年三月
- ゆるしのちから　「新潟日報」二〇一七年五月六日
- カズオ・イシグロと文学の使命　「すばる」集英社　二〇一七年十二月号
- 人類の歴史　「神奈川大学評論」第八十七号　二〇一七年七月
- 臨在する者　亜紀書房ウェブマガジン「あき地」
- プラトンの教育観　「ニューサポート高校国語」東京書籍　二十九号　二〇一八年四月一日発行
- 勾玉と二人の文士　「目の眼」目の眼　二〇一七年九月号
- 本と書物　「亜紀書房50周年記念冊子」二〇一七年九月
- 武士《もののふ》の心　「學鐙」丸善出版　二〇一八年六月
- 歌の源泉　「文學界」文藝春秋（「語らざる者の詩学」改題）二〇一六年四月号
- 沈黙の秘義　「文學界」文藝春秋（「語らざる者の詩学」改題）二〇一六年四月号

単行本収録にあたり、加筆・改稿をほどこしてあります。
上記以外は書き下ろしです。

『種まく人』ブックリスト

本書で紹介されている本のリストです。
さらなる読書の参考になさってください。

- 言葉の燈火

『井上洋治著作選集〈1〉――日本とイエスの顔』
井上洋治　日本キリスト教団出版局

- 伴走者

『論語』金谷治訳注　岩波文庫

『いのちの花、希望のうた』岩崎健一画　岩崎航詩　ナナロク社

- 独語の効用

『事象そのものへ！』池田晶子　法藏館

『ファンタジーを読む』河合隼雄著　河合俊雄編　岩波現代文庫

- 「私」への手紙

『夜の讃歌・サイスの弟子たち　他一篇』
ノヴァーリス著　今泉文子訳　岩波文庫

『漱石・子規往復書簡集』和田茂樹編　岩波文庫

- 抱擁する詩人
『宝石の声なる人に――プリセンバダ・デーヴィーと岡倉覚三　愛の手紙』大岡信・大岡玲編訳　平凡社ライブラリー
- 燃える言葉
『茨木のり子詩集』茨木のり子著　谷川俊太郎選　岩波文庫
『対話――茨木のり子詩集』茨木のり子　童話屋
- 音楽の慰め
『小林秀雄全作品〈別巻1〉――感想　上』小林秀雄　新潮社
- それぞれのかなしみ
『宮沢賢治全集〈1〉――春と修羅・春と修羅補遺・春と修羅 第二集』宮沢賢治　ちくま文庫
- かなしみのちから
『南無阿弥陀仏――付心偈』柳宗悦　岩波文庫
『花をたてまつる』石牟礼道子　葦書房
- ゆるしのちから
『野に雁の飛ぶとき――キャンベル選集Ⅲ』ジョーゼフ・キャンベル著　武舎るみ訳　角川書店
- カズオ・イシグロと文学の使命

・人類の歴史

『日の名残り』カズオ・イシグロ著　土屋政雄訳　ハヤカワepi文庫

『三木清全集〈19〉』三木清　岩波書店

『語られざる哲学』三木清　講談社学術文庫

・臨在する者

『生きがいについて――神谷美恵子コレクション』神谷美恵子　みすず書房

・プラトンの教育観

『プラトンをめぐる十一章』アラン著　森進一訳　ちくま学芸文庫

『プラトン全集〈3〉』プラトン著　田中美知太郎・藤沢令夫編　岩波書店

『読むと書く――井筒俊彦エッセイ集』井筒俊彦著　若松英輔編　慶應義塾大学出版会

『プラトン全集〈14〉』プラトン著　田中美知太郎・藤沢令夫編　岩波書店

・勾玉と二人の文士

『小林秀雄全作品〈26〉』小林秀雄　新潮社

・本と書物

『新編日本古典文学全集〈11〉』小学館

・種まく人

『柳宗悦全集　著作篇〈4〉』柳宗悦　筑摩書房

・武士の心

『谷川俊太郎詩選集〈1〉』 谷川俊太郎　集英社文庫

『柳宗悦コレクション〈2〉――もの』

柳宗悦著　日本民藝館監修　ちくま学芸文庫

『新編日本古典文学全集〈4〉』 小島憲之他校注　小学館

・歌の源泉

『色へのことばをのこしたい』 伊原昭　笠間書院

『平安朝の文学と色彩』 伊原昭　中公新書

・沈黙の秘義

『ハドリアヌス帝の回想』 マルグリット・ユルスナール著　多田智満子訳　白水社

『ユルスナールの靴』 須賀敦子　河出文庫

『現代詩読本　さよなら鮎川信夫』 思潮社編集部編　思潮社

・すこしのかなしさ

『宮沢賢治全集〈1〉――春と修羅・春と修羅補遺・春と修羅 第二集』

宮沢賢治　ちくま文庫

『宮沢賢治全集〈10〉――農民芸術概論・手帳・ノートほか』

宮沢賢治　ちくま文庫

•ミレーの「種まく人」——あとがきに代えて

『彫刻眞髄』荻原守衛　中央公論美術出版

若松英輔（わかまつ・えいすけ）

批評家・随筆家。1968年生まれ、慶應義塾大学文学部仏文科卒業。2007年「越知保夫とその時代 求道の文学」にて三田文学新人賞、2016年『叡知の詩学 小林秀雄と井筒俊彦』にて西脇順三郎学術賞、2018年『詩集 見えない涙』にて詩歌文学館賞受賞。著書に『イエス伝』（中央公論新社）、『魂にふれる 大震災と、生きている死者』（トランスビュー）、『生きる哲学』（文春新書）、『霊性の哲学』（角川選書）、『悲しみの秘義』（ナナロク社）、『小林秀雄 美しい花』（文藝春秋）、『内村鑑三 悲しみの使徒』（岩波新書）、『生きていくうえで、かけがえのないこと』『言葉の贈り物』『常世の花 石牟礼道子』（以上、亜紀書房）など多数。詩集に、『詩集 幸福論』（亜紀書房）がある。

種まく人

2018年9月25日　初版第1刷発行

著者　若松英輔

発行者　株式会社亜紀書房
〒101-0051
東京都千代田区神田神保町1-32
電話(03)5280-0261　振替00100-9-144037
http://www.akishobo.com

装丁　坂川栄治＋鳴田小夜子（坂川事務所）
装画　杉山 巧
DTP　コトモモ社
印刷・製本　株式会社トライ
http://www.try-sky.com

若松英輔の本

言葉の羅針盤　1500円＋税

言葉の贈り物　1500円＋税

生きていくうえで、かけがえのないこと　1300円＋税

常世の花　石牟礼道子　1500円＋税

詩集　幸福論　1800円＋税

詩集　見えない涙　詩歌文学館賞受賞　1800円＋税